canada je t'aime i love you

Les peintures reproduites dans ce livre furent exposées dans le cadre des festivités d'ouverture de la nouvelle ambassade du Canada à Tokyo (Japon), en juillet 1991.

Certains tableaux reproduits dans ce livre furent realisés grâce aux recherches, aux notes et à la documentation de Maurice Savignac.

Publié au Canada par Livres Toundra, Montréal, Québec H3G 1R4, et aux États-Unis par Tundra Books of Northern New York, Plattsburgh, N.Y. 12901

ISBN 0-88776-253-0
Fiche de la Library of Congress : 90-70137

Données de catalogage avant publication (Canada) :

Tanobe, Miyuki, 1937-
    Canada je t'aime / I love you

Texte en français et en anglais.
ISBN 0-88776-253-0

1. Tanobe, Miyuki, 1937-. 2. Canada dans l'art. 3. Villes dans l'art. I. Carrier, Roch, 1937-. II. Titre. III. Titre : Canada, I love you.

ND249.T36A3 1990 759.11 C90-090157-8F

Pour la compilation et l'édition du présent volume, Livres Toundra a puisé des fonds dans la subvention globale que le Conseil des arts (Canada) lui a accordée pour l'année 1991.

Conception graphique : Gilles Tibo

Feuilles de garde : *Montréal à travers les quatres saisons*

Imprimé à Hong Kong par South China Printing Co. Ltd.

The original paintings in this book were exhibited at the opening of the new Canadian embassy in Tokyo, Japan, July 1991.

Certain paintings in this book were executed with the help of research, notes and documentation provided by Maurice Savignac.

Roch Carrier's text was edited and translated by Alan Brown.

Published in Canada by Tundra Books, Montreal, Quebec H3G 1R4, and in the United States by Tundra Books of Northern New York, Plattsburgh, N.Y. 12901

ISBN 0-88776-253-0
Library of Congress Catalog Number: 90-70137

Canadian Cataloguing in Publication Data

Tanobe, Miyuki, 1937-
    Canada je t'aime / I love you

Text in French and English.
ISBN 0-88776-253-0

1. Tanobe, Miyuki, 1937-. 2. Canada in art. 3. Cities and towns in art. I. Carrier, Roch, 1937- . II. Title. III. Title: Canada, I love you.

ND249.T36A3 1990 759.11 C90-090157-8E

The publisher has applied funds from its Canada Council block grant for 1991 toward the editing and production of this book.

Design by Gilles Tibo

Endpapers: *Montreal through the four seasons*

Printed in Hong Kong by the South China Printing Company Ltd.

canada

je t'aime

i love you

tableaux:
miyuki
tanobe

paintings by
miyuki
tanobe

texte:
roch
carrier

text by
roch
carrier

livres toundra tundra books

avant-propos

Dès mon arrivée au Québec, je pris racine à Saint-Antoine-sur-Richelieu. Chaque matin, avant de peindre, j'admire encore aujourd'hui cette magnifique rivière qui coule à mes pieds avec, en arrière-plan, le mont Saint-Hilaire. Ce merveilleux spectacle m'apporte le calme et la paix nécessaires à ma créativité. Eh oui! c'est de là que je commençai à fouiller l'histoire et les légendes de mon village, de ma région, puis de mon pays d'adoption.

Avec Maurice, que je venais d'épouser, je parcourus le Québec qu'il m'avait si bien raconté dans ses lettres et récits.

Un jour, je me sentis prête à développer, dans une série de tableaux, un thème québécois. Puis, en 1976, à la suite d'une visite de madame May Cutler de la maison d'édition Livres Toundra, mon livre *Québec je t'aime / I love you* vit le jour. En 1980, avec la bénédiction de Gilles Vigneault, j'illustrai *Les gens de mon pays*, ce qui me valu le prix du Conseil des Arts du Canada. Avec mes souvenirs de maintenant vingt ans au Canada, mes croquis, les recherches de Maurice, sa documentation et ses notes, je pouvais réaliser ce projet d'envergure. À nouveau, madame May Cutler m'invita à reproduire dans un livre d'art les tableaux de cette série canadienne.

La narration est l'œuvre de Roch Carrier. Monsieur Carrier me connaissait pour avoir, entre autres choses, présenté mon coffret de sérigraphies illustrant *Bonheur d'occasion*, de Gabrielle Roy, à l'ouverture du Salon du livre de Montréal, en 1983. Grâce à ses nombreux voyages et à l'expression colorée de sa plume, monsieur Carrier a su décrire à sa manière l'âme et la vie de tous les jours des villes illustrées dans ce livre.

En arrivant ici en 1971, j'étais loin d'imaginer qu'un jour, par mes pinceaux et grâce à l'aide de tous ceux qui m'ont fait aimer le Québec et le Canada, je ferais connaître les villes de ce grand pays.

Miyuki Tanobe

foreword

When I arrived in Quebec, I at once took root in Saint-Antoine-sur-Richelieu. Every morning, before I begin to paint, I still admire this magnificent river that flows past my feet, with Mont Saint-Hilaire in the background. This marvellous view brings me the calm and peace I need for my creative work. Yes, and it's from this point that I began to delve into the history and legends of my village, of the region, and finally, of my adopted country.

With Maurice, whom I had just married, I explored the Quebec he had described so well in his letters and other writings.

One day I felt that I was ready to develop a series of paintings on a Québécois theme. Then, in 1976, following a visit from May Cutler, publisher of Tundra Books, my volume entitled *Québec je t'aime / I love you* came into being. In 1980, with the blessing of Gilles Vigneault, I illustrated *Les gens de mon pays*, for which I received the Canada Council prize.

On the strength of my memories from now twenty years in Canada, my sketches, and Maurice's research, his documentation and notes, I have been able to bring the present book to what I hope is a successful fruition. Again it was May Cutler who suggested that we reproduce the paintings from this "Canadian suite" in an art book.

The narration is by Roch Carrier. He was acquainted with my work from having presented my series of silk-screens illustrating Gabrielle Roy's *Bonheur d'occasion* (*The Tin Flute*) at the opening of the Salon du Livre in Montreal, 1983. Calling on his travels in Canada and on his always amused but touching style, Roch Carrier has captured the heart and soul of everyday life in the cities illustrated in this book.

When I arrived here in 1971, never did I imagine that, through my art and with the help of all those who led me to love Quebec and Canada, I would introduce a host of readers to the cities of this great country.

Miyuki Tanobe

Je le dis franchement : les peintures de Miyuki Tanobe n'ont pas besoin de mes mots. Cependant, lorsque madame May Cutler m'a invité à participer à ce projet, je n'ai pas su résister à faire, encore une fois, la traversée du Canada.

Venue du Japon avec sa culture, sa curiosité, son indépendance, Miyuki Tanobe présente une vision unique de ce monde nouveau, sous laquelle je devine toujours la vivacité et l'allégresse des antiques estampes orientales. Issu de mon village québécois, j'ai pour l'immensité du Canada la fascination qu'avaient les coureurs de bois plus préoccupés de marcher, de voir, que de conquérir et organiser.

Ces villes, que nous nous racontons, sont importantes, mais elles ne sont que des parcelles du Canada. Pour exprimer la diversité multiple de notre grand pays, toute son immensité démesurée, Tanobe devrait peindre encore des milliers de tableaux, et moi, écrire encore des milliers de pages! Ah! que j'aimerais que Tanobe prête ses couleurs au soleil de décembre sur la plaine blanche du Cercle polaire!

Privilégié : c'est l'adjectif que je choisirais s'il me fallait qualifier le Canada en un seul mot. Aucun Canadien n'a mérité tant de paix, tant d'abondance, tant de liberté, tant de beauté. Ces privilèges nous ont été donnés. Pourquoi? Pour que nous les partagions, j'imagine.

Roch Carrier

I'll say it frankly: Miyuki Tanobe's paintings have no need of my words. But when May Cutler invited me to take part in this project, I couldn't resist the idea of crossing Canada once more.

Miyuki Tanobe, who came from Japan with her culture, her curiosity, her independence, brings us a unique vision of our new world – a vision beneath which I always sense the vivacity and cheerfulness of an old Asian print. Coming from my Quebec village, I feel the fascination of Canada's immensity as it was experienced by the coureurs de bois, who were more interested in walking and seeing than in conquering and organizing.

These cities of which we sing are important, but they are only fragments of Canada. To tell of the great diversity of our vast country in all its unmeasured expanse, Tanobe would have to paint thousands more paintings and I would have to write thousands of pages more. How I would like to see Tanobe lend her colours to the December sun on the white plain of the Arctic Circle.

Privileged: that is the adjective I would choose if I had to describe Canada with a single word. No Canadian has deserved such peace, such plenty, such freedom and such beauty. These privileges were given to us. Why? So that we could share them, I suppose.

Roch Carrier

saint-jean terre-neuve   st. john's newfoundland

J'aime cette belle indiscipline! Les habitants de Saint-Jean ont construit leurs maisons là où ils le voulaient aux flancs des collines. Les rues passent là où elles peuvent. Au large, des montagnes de glace flottent sur la mer. Les maisons sont peintes des mêmes couleurs que les barques au port : elles imitent aussi leur désordre.

Je suis à Saint-Jean pour un événement bien précis. L'homme qui m'accueille à l'aéroport m'annonce : «Mon père veut vous voir». Dans son camion, nous enfilons des courbes à gauche, à droite, pendant cent kilomètres. L'homme dit enfin : «Mon père habite ici». Je remarque sur la plage une sorte de cabane; la cabane est construite dans une sorte de chaloupe. Le père me dit : «Y a qu'à Terre-Neuve qu'on sait construire les bateaux». L'homme doit m'arracher de force à son père qui a décidé que son bateau est le seul endroit au monde où un poète peut vivre. Je n'oublierai jamais son bateau.

L'homme dit : «Je vais vous présenter à mes amis musiciens tout près d'ici». Nous roulons trois heures peut-être, de collines en montagnes. Le groupe donne un spectacle, le soir, dans une grande salle populaire. Comme nous sommes là, ils commencent leur concert l'après-midi. Je crois bien qu'ils ne se sont plus arrêtés.

I love this disorder! The people of St. John's built their houses on the hillsides however they fancied. The streets meander where they can. On the open sea float mountains of ice. The boats in the harbour are painted in the same colours as the houses, and lie in the same sort of disarray.

I was in St. John's for a very particular event. The man who met me at the airport announced, "My father wants to see you." In his truck we threaded our way along a curving road for a hundred kilometres. Finally the man said, "This is where my father lives." On the beach I spied a kind of cabin. The cabin was built in a kind of boat. The father said, "It takes a Newfoundlander to build a boat." The man had to tear me away from the grasp of his father, who had decided that his boat was the only place in the world where a poet could live. I'll never forget his boat.

The man said, "I want you to meet my musician friends, not far from here." We drove for about three hours, from hills to mountains. The group was to give a concert that evening in a large public hall. Because we were there, they began their concert in the afternoon. I do believe they never stopped. "It's already too late. I'm afraid we've missed our event," the man said, "but we mustn't miss the little party I organized for after the event."

6

Saint-Jean, Terre-Neuve   **Souvenirs**   St. John's

«Il est déjà trop tard. Je penserais qu'on a raté notre événement, dit l'homme, mais on ne doit pas rater la petite fête que j'ai organisée pour après l'événement».

Nous rentrons à Saint-Jean, pour la «petite fête». Magiquement, je fais partie du groupe. Je danse avec une jeune dame qui attend un héritier. Elle accouchera peut-être avant la fin de la danse. Je hume des chaudrons, dans la cuisine. Je berce un enfant pendant que ses parents dansent sur un air rock. Je console un jeune mari qui a surpris sa femme dansant trop serrée contre le jeune prêtre catholique.

Je ne connais pas le «Screech». L'on m'emmène ailleurs, au sommet de plusieurs escaliers dans une sorte de nid de corbeau tout placardé de photos de guerre. Au centre, comme dans un sous-marin, un périscope. Je fais un tour de ville avec mon périscope. La nuit est picotée d'étoiles. La lune se reflète sur les glaciers à l'horizon. Les maisonnettes de guingois ont toutes un air d'ivresse...

Je dois repartir le lendemain... mais une royale tempête de neige m'emprisonne durant une bonne semaine. J'assure que j'ai été heureux à Saint-Jean.

Avec leur chaleureuse simplicité et leur rude gentillesse, les habitants de Saint-Jean, Terre-Neuve, sont aussi solides que le roc battu par la mer sur lequel leur ville est bâtie.

J'aimerais vous parler de cette fameuse tempête de neige à Saint-Jean de Terre-Neuve... Bien... Madame le maire de la ville affirme qu'elle n'a aucun souvenir d'une tempête qui aurait pu me retenir une semaine. Elle suggère même que j'aurais inventé une excuse pour ne pas quitter sa ville...

Devrais-je en dire plus sur Saint-Jean?

We drove back to St. John's for the "little party." As if by magic I became part of the group. I danced with a young lady who was expecting an heir. I wondered if she was going to give birth before the end of our dance. A smell of food drifted in from the kitchen. I dandled a baby in my arms while his parents danced to rock music. I soothed a young husband whose wife was dancing cheek to cheek with the young Catholic priest.

I had never tried "screech." I was herded elsewhere, up a series of stairs, to a kind of crow's nest all placarded with war photos. In the centre, as in a submarine, hung a periscope. With my periscope I got a panorama view of the city. The sky was sprinkled with stars. The moonlight was reflected from the icebergs on the horizon. The houses, all askew, had a tipsy look...

I was supposed to leave the following day but a good old-fashioned snowstorm held me up for a week. I assure you, I was happy in St. John's. With their warm-hearted simplicity and rough kindness, the inhabitants of St. John's, Newfoundland, are as solid as the beaten rock on which their city stands.

I'd like to tell you about that famous snowstorm in St. John's. Well, the Mayor insists that she can't recall any storm that would have kept me there a whole week. She even suggests that I might have invented an excuse for not leaving her city.

What more can I say about St. John's?

charlottetown

Quand j'ai vu la petite salle de l'Assemblée législative à Charlottetown, j'ai songé à une salle de classe... Elle ne compte que trente-deux députés. Dessinent-ils des graffiti comme les écoliers qui s'ennuient? Je devrais avoir plus de respect. «Des députes siégeaient ici dès 1848», me chuchote-t-on. Un peu d'irrespect est toujours sain en politique.

Le soir, j'ai suivi les traces des pères de la Confédération. Réunis à Charlottetown, ils ont voulu rassembler en un pays quelques colonies. Je suis allé au port, où ils ont débarqué. J'ai parcouru l'avenue qui mène à Province House. Ainsi ont fait les Pères de notre pays, dans leur calèche, il y a plus d'un siècle.

Charlottetown est la plus douce des villes du Canada : le silence de la mer autour recouvre ses bruits discrets. Charlottetown est bonne à respirer comme un village.

Venu de la mer, le brouillard, subitement, a effacé la ville. Il était si épais que je ne pouvais lire le nom des rues. Les réverbères semblaient des astres presque lointains. Ce brouillard était-il aussi tombé sur les pères de la Confédération?

Je suis perdu à Charlottetown! Je ne sais plus où est mon auberge. La famille qui l'exploite est chaleureuse. On ne dit pas un mot sans un sourire dans cette maison. Même

When I saw the small Legislative Assembly chamber in Charlottetown, I thought I was in a classroom. It has only thirty-two members. Do they draw graffiti, like bored school kids? I should have more respect. "MLAs have been meeting here since 1848," someone whispers. A little disrespect is always healthy in politics.

That evening I followed in the steps of the Fathers of Confederation. Meeting in Charlottetown, they wanted to turn some colonies into a country. I walked to the harbour where they had disembarked. I wandered down the avenue that leads to Province House. This is the stretch covered by the Fathers of our country in their carriages, a little more than a century ago.

Charlottetown is the quietest city in Canada. The silence of the surrounding ocean covers its discreet murmurs.

Charlottetown's air is as good to inhale as the air of a village.

Rising from the sea, a dense fog suddenly erased the city. The fog was so thick that I couldn't read the street signs. The street lights were like distant stars. Had the Fathers of Confederation also been befogged?

Lost in Charlottetown! I had no idea where my hotel

si je viens d'ailleurs, on me traite comme si j'étais le fils d'une tante préférée.

Je marche au hasard. Je sais que l'auberge est quelque part, tout près, mais je ne sais où. Me perdre à Charlottetown...

S'approche lentement le halo des phares d'une auto. Prudemment, je m'avance en gesticulant. La voiture s'arrête doucement :

— Excusez-moi, je ne sais plus où est mon auberge...

— Montez, je vais vous conduire.

C'est une jeune femme :

— Vous n'avez pas peur de faire monter un homme dans votre voiture la nuit, et avec ce brouillard?...

— Je n'ai pas peur de quelqu'un qui se perd à Charlottetown...

Le tableau de bord éclaire son visage. Je m'aperçois qu'elle est très belle.

— Nous habitons sur une île. Un mauvais garçon ne peut pas se sauver. À moins de partir à la nage.

— Vous êtes de Charlottetown?

— Non, je suis venue de la Californie. Je me suis arrêtée ici. Je ne sais pas ce que j'ai trouvé, mais je n'ai plus besoin de repartir. Voici, votre auberge...

La porte est fermée. Je frappe. Je sonne. Je frappe plus fort. Je sonne et j'insiste. Je cogne. Je m'impatiente. Je vais briser. On ne répond pas. Pourtant, j'entends, à l'intérieur, des chansons reprises en chœur. Assis dans l'escalier, je laisse pénétrer en moi la tranquillité de la ville endormie par le brouillard. Les chansons écossaises, à l'intérieur, peu à peu me semblent plus lointaines. Et, de très loin, d'un passé profond, me parvient une ballade acadienne avec des mots très anciens. Soudainement, la porte de l'auberge s'ouvre. Les joyeux fêtards sortent silencieux.

J'ai un peu de regret qu'ils mettent fin à ma solitude dans le brouillard de Charlottetown.

was. The family who ran it were so cordial: not a word was said in that house without an accompanying smile. Even if I was "from abroad," as they said, I was treated like the son of a favourite aunt.

I walked on at random. I knew that my hotel was not far away, but where? Lost in Charlottetown...

The blurred headlights of a car were slowly approaching. I stepped out carefully, waving my arms. The car came to a gentle stop.

"Excuse me, I don't know where my hotel is."

"Get in, I'll drive you there."

It was a young woman.

"Aren't you afraid, taking a man in your car at night? In a fog like this?"

"I'm not afraid of anybody who gets lost in Charlottetown."

The dashboard lighted her face. She was very beautiful. "We live on an island. A bad guy can't get away. Unless he swims."

"Are you from Charlottetown?"

"No. I came from California. I stopped here. I don't know what I found, but I don't feel the need to leave. Here's your hotel."

The door was locked. I knocked. I rang. I hammered. I rang insistently. I banged. I became impatient. I wanted to break it down. No one answered. Yet from inside, I heard singing, in a chorus.

Sitting on the steps, I allowed myself to be penetrated by the quiet of the fogged-in, sleeping city. The Scottish songs inside the hotel faded farther and farther away. From a deep, distant past, an Acadian ballad surfaced in my memory with its ancient words. Abruptly the hotel door was pushed open. The revellers left in silence.

I was sorry they had put an end to my solitude in foggy Charlottetown.

L'action de grâce   **Charlottetown**   Thanksgiving

halifax

Le soleil descend derrière la colline de la citadelle et projette une lumière rouge sur les ponts qui enjambent le port et sur la tour de l'horloge de la vieille Halifax.

Je me tiens à la proue d'un destroyer. Je me prends pour un très brave héros. J'ai participé à un exercice naval. Sur une mer houleuse, j'ai traversé d'un navire à l'autre, accroché à un câble. Les poumons remplis d'air marin et le cœur fier, appuyé au bastingage, j'admire Halifax qui semble s'approcher vers nous. Frôlant des tours de forage, notre destroyer glisse vers le bassin Bedford où sont amarrés des navires venus du monde entier.

Descendu à terre, je marche. Les tours à bureaux et les voies rapides n'ont pas complètement recouvert la vieille ville. Il me semble, dans le silence de ses rues étroites, que j'entends, venus de loin, le bruit des pas des recruteurs de la Marine royale et les rires des recrues qu'ils invitaient à la taverne pour les enivrer et les embaucher.

Halifax ronronne, ce soir, comme une ville d'aujourd'hui. C'est une ville bâtie sur la mer, une ville qui se tient près de la tragédie. Dans un cimetière, je flâne parmi les tombeaux des victimes du *Titanic*.

Plus loin, je m'arrête devant une fosse commune où l'on a réuni des victimes de la terrible explosion qui a détruit

Sinking behind Citadel Hill, the sun casts its reddish glow on the harbour bridges and on the clock tower of old Halifax.

I'm standing at the bow of a destroyer. I feel like an intrepid hero. I've been taking part in a naval exercise. Above the heavy seas, I had transferred from one ship to another, swinging on a monkey's chair suspended from a cable. My lungs filled with sea air, my heart proud, leaning on the rail, I admire Halifax as it seems to approach us. Almost grazing a group of derricks, our destroyer glides toward Bedford Basin, where ships from all parts of the world lie at anchor.

Back on land, I walk. Office towers and expressways have not completely smothered the old city. In the silence of its narrow streets I imagine that I hear the heavy footfall of the Royal Navy recruiters and the laughter of the young men they had invited to the tavern, where they made them drunk enough to join the Navy.

Tonight Halifax was purring like a modern city, a city built by the seaside, close to tragedy. In a cemetery I wandered among the tombs of the *Titanic* victims. Farther along, I stopped beside a common grave dug for victims of the terrible explosion that destroyed the city in 1917.

Yesterday the young son of the family I'm staying with

Une scène de quartier   **Halifax**   Neighbourhood scene

la ville en 1917. Hier, un jeune garçon de la famille où je suis invité m'a raconté, comme s'il avait été là, cette catastrophe : la plus violente explosion de l'histoire, avant la bombe atomique. Le *Mont-Blanc*, un navire français chargé de munitions est entré en collision avec l'*Imo*, un navire norvégien. Dans l'horrible éclair de l'explosion, plus de 1500 personnes furent tuées; trois kilomètres carrés de la ville furent soufflés; des milliers de citadins eurent les yeux crevés par la vitre brisée. Je me penche sur l'ancre du *Mont-Blanc*, d'un poids d'une demi-tonne; elle a été projetée à cinq kilomètres du lieu de la collision.

La vie est plus forte que tout. Et l'amour est aussi fort que la vie. Je veux voir le jardin du prince Édouard. Le futur père de la reine Victoria était amoureux d'une Canadienne française, Julie de Saint-Laurent. Bien sûr, le prince ne pouvait épouser une roturière. Pour se consoler, il entreprit de construire un jardin et un bassin auquel il a donné la forme d'un cœur. Tout autour, il a fait tracer des allées qui épellent le nom de Julie. En ce temps si pressé où l'on ne prend plus le temps d'aimer, la douce obsession du prince me plaît.

Je me recueille.

Je suis déjà en retard. Un taxi me conduit au théâtre Neptune. L'on y joue *The Life of Don Messer*, un musicien populaire des années passées.

Après le spectacle, je me promène encore dans la ville. Ici et là, j'entends des airs de Don Messer. Le musicien est encore bien vivant dans les autos, les camions et derrière les portes du modeste quartier où je suis. Je songe... Quand reviendrai-je à Halifax? Reviendrai-je?

Sont-ils revenus, les fiers Micmacs et leurs grands canots? Où sont les missionnaires venus leur apporter leur vérité? Où sont les colons qui ont retourné la terre : Acadiens, loyalistes, Allemands, Écossais? Que sont devenus les esclaves qui fuyaient leurs maîtres américains et se réfugiaient à Halifax? Qu'est devenu Cornwallis, qui a construit la première palissade de bois autour de sa ville? La

described the disaster as if he had seen it. The explosion was the most violent one in history before the atomic bomb.

The *Mont Blanc*, a French ship with a cargo of munitions had collided with a Norwegian ship, the *Imo*. More than 1,500 people were killed by the explosion. Three square kilometres of the city were levelled. Thousands of people had their eyes put out by broken glass. I leaned over to inspect the *Mont Blanc*'s anchor. It weighs half a ton, and was hurled 5 kilometres from the site of the collision.

Life is stronger than anything else. And love is as strong as life. I wanted to see the Prince Edward Garden. The future father of Queen Victoria fell in love with a French-Canadian, Julie de Saint-Laurent. The Prince, of course, could not marry a commoner. To console himself, he undertook to construct a garden with a heart-shaped ornamental pool. Around it were pathways that spelled the name of Julie. In these days, when people are so busy they have no time for love, I find the Prince's gentle obsession pleasing.

A time for meditation...

But I was already late. I took a taxi to the Neptune Theatre, where they were playing *The Life of Don Messer*, an old-time fiddler of years gone by.

After the show I went for another stroll in Halifax. Here and there I heard a snatch of Don Messer's music. The musician was alive and well on car and truck radios and behind the doors of the modest neighbourhood I was passing through. Dreaming, I wondered when I would come back to Halifax. Would I ever see the city again?

Would the proud Micmacs return in their big canoes? Where were the missionaries who had come bearing their own verities? Where were the settlers who turned the soil, the Acadians, the Loyalists, the Germans, the Scots? What happened to the slaves who ran from their American masters to take refuge here? Where was Cornwallis, who had built the first wooden stockade around his city? The darkness that surrounds their life and death is deeper than the sea itself.

In a park I gazed at the Roman goddesses Ceres and

nuit qui recouvre leur vie et leur mort est encore plus profonde que l'était la mer aujourd'hui.

Dans ce parc, je regarde les déesses grecques Cérès et Diane, figées dans leur sculpture froide. Si leur cœur bat sous la pierre, à quoi songent-elles en cet octobre sur Halifax?

Repoussant l'heure d'aller dormir, je cherche une plaque rappelant que la première presse à imprimer d'Amérique du Nord fut installée à Halifax en 1751. Je veux saluer cet instant d'histoire. La liberté de notre continent commence là.

Avant de quitter, je m'assieds face à la mer. Cette grande petite ville a su, à chaque époque, vivre selon son temps. Mais Halifax ne s'est jamais empressée d'oublier.

Si l'on est bien attentif, l'on peut voir se profiler, dans le verre des édifices modernes de Halifax, le souvenir du schooner *Bluenose*, dans sa gloire d'être le plus rapide de tous les bateaux à voiles.

Diana, forever congealed in their icy sculpture. If their hearts still beat within the stone, what were their dreams in this Halifax October?

Postponing bedtime, I went in search of a plaque commemorating the installation of the first printing press in North America – in Halifax, in 1751. I wanted to pay my respects to that moment in history, marking the beginning of freedom on this continent.

Before leaving, I sat down facing the sea. That great small city had known in every epoch how to live in tune with its time. But Halifax was never in a rush to forget.

If one is attentive one can see, reflected in the glass walls of the office buildings, the memory of the schooner *Bluenose* in all its glory – the fastest sailing ship of all!

fredericton

Quand j'ai visité Fredericton pour la première fois, j'étais encore presque un adolescent. Je venais à peine de me marier. À Edmundston, Nouveau-Brunswick, un prêtre catholique romain nous invita, ma femme et moi, à nous joindre à lui dans sa Chrysler noire pour aller à Fredericton. Ma femme s'assit à l'avant, tout naturellement. À cause de son vœu de chasteté, le prêtre ne pouvait voyager à côté d'une jeune femme qui portait une robe fleurie avec un joli décolleté. Ma femme et moi fîmes donc le voyage sur la banquette arrière. Nous étions amoureux comme le feu et la broussaille sèche. Notre bon abbé faisait fonction de guide, de chauffeur. Confesseur, il dut nous pardonner aussi quelques baisers inévitables.

Ainsi, nous suivîmes la rivière Saint-Jean jusqu'à Fredericton. Je me souviens de villages paisibles que nous avions traversés, de champs de pommes de terre bien ordonnés et de vastes étendues couvertes d'épinettes, qui me semblaient bien maigres.

À Fredericton, on célébrait la fête du bon voisinage, nous dit le prêtre. Nous nous sommes mêlés à la foule qui acclamait des musiciens en uniforme militaire. Tous ces gens se connaissaient et s'appelaient par leurs prénoms. Dans un parc, près d'une statue de Robert Burns, le poète

When I visited Fredericton for the first time, I was still an almost-adolescent. I was also a newlywed. In Edmundston, New Brunswick, a Roman Catholic priest offered my wife and me a ride to Fredericton in his black Chrysler. My wife quite naturally took the front passenger's seat. Because of his vow of chastity our driver could not sit beside a young woman in a flowered dress with a pretty décolleté. Accordingly, my wife and I made the trip in the back. We were in love like fire in brushwood. Our good priest acted as guide and chauffeur. Being also a confessor, he had to forgive us for a few inevitable kisses.

And so, we followed the St. John River to Fredericton. I remember peaceful villages on the way, neat potato fields and vast spaces covered by skimpy growths of spruce.

The priest told us that in Fredericton they were celebrating Good Neighbours' Day. We mingled with the crowd, which was applauding a group of musicians in military uniforms. All the people knew each other and used first names. In a park, near the statue of Robert Burns, the Scottish poet, there were singers, musicians and a puppet show. Did I dream it, or did I really see a raft floating on the river, with black musicians playing Dixieland music? It was so long ago...

La fête de la Confédération   **Fredericton**   Canada Day celebrations

écossais, il y avait des chanteurs, des musiciens et un spectacle de marionnettes. Ai-je vraiment vu, ou ai-je rêvé, ce radeau flottant sur la rivière Saint-Jean avec des musiciens noirs qui jouaient des airs de Dixieland? Cela se passait il y a si longtemps.

Ensuite, nous nous étions précipités vers la cathédrale Christ Church. Quelle merveille c'était pour moi d'admirer, au Nouveau-Brunswick, dans un parc planté d'ormes, une cathédrale de style gothique flamboyant semblable à celles que l'on avait bâties en Europe, au Moyen Âge! Subitement, par magie, nous étions à Norfolk, en Angleterre! Le prêtre tenait à nous faire voir aussi l'index d'une main qui surmontait le clocher d'une église en bois. Ce doigt, pointé vers le ciel, avait la taille d'un enfant de chœur, nous expliqua-t-il.

Avant de repartir, le bon prêtre, connaissant mes intérêts, tenait à me faire lire une plaque sur l'édifice du Parlement. Elle rappelle que Julia Beckwith écrivit *The Nun of Canada* lorsqu'elle avait 17 ans. Ce fut, en 1824, le premier roman publié au Canada.

Nous avons repris notre route le long de la rivière Saint-Jean couverte de billes de bois qui flottaient vers les scieries.

Ce voyage a eu lieu il y a bien longtemps. Depuis, ma femme et moi nous sommes séparés. Le prêtre au vœu de chasteté s'est marié. Le doigt pointé vers le ciel et la main ont été amputés du clocher de l'église. On ne célèbre plus la fête du bon voisinage. Et on a nettoyé la rivière; les billes n'y flottent plus.

La rivière est belle, maintenant. Je suis retourné quelques fois à Fredericton. La ville s'est développée sur les deux rives de la rivière. Bien des choses ont changé, mais quelque chose demeure à Fredericton : la chaleur humaine, la gentillesse.

Then we rushed off to Christ Church Cathedral. What a wonder it was for me to admire, in New Brunswick, in a park planted with elms, a cathedral in flamboyant Gothic, a replica of those that had been built in Europe in the Middle Ages. Suddenly, magically, we were in Norfolk, in England. The priest also insisted on showing us a frame church whose belfry was surmounted by an index finger pointing to heaven. The finger, we were told, was the size of a choirboy.

Before leaving, the priest, knowing my interest in such things, showed me a plaque on the parliament buildings: it was a reminder that Julia Beckwith had written *The Nun of Canada* when she was seventeen. The date was 1824, and the novel was the first to be published in Canada.

We took the river road again, along the St. John which was covered with logs floating down toward the sawmills. That voyage took place long ago. Since then, my wife and I have separated. The priest with the vows of chastity got married. The finger pointing to the sky, and its hand, have been amputated from the bell tower. Good Neighbours' Day is no longer celebrated. And the river has been cleaned up: there are no logs floating downstream.

The St. John River is beautiful now. I've been back to Fredericton several times. The city has developed on both sides of the river. Many things have changed, but some things in Fredericton remain: human warmth and kindness.

québec

Je n'étais jamais allé à Québec et je rêvais de cette grande ville de l'autre côté du fleuve Saint-Laurent. Je savais qu'il y avait à Québec un château si grand que l'on pouvait s'y perdre comme dans une forêt.

À cause de ce château, Québec était pour moi une ville magique. Pour s'y rendre, de mon village, il fallait escalader des montagnes, naviguer sur un bateau blanc ou bien franchir un pont qui était l'une des sept merveilles du monde.

Québec n'était pas une ville où tout le monde allait. Quelques dames riches du village s'y rendaient pour se procurer des toilettes à la mode. Autrement, pour aller à Québec, il fallait être nouveaux mariés. Quand ils en revenaient, ils avaient des souvenirs si énigmatiques et des rires si suggestifs que Québec devenait encore plus mystérieuse.

C'était il y a bien longtemps. Québec me paraissait un endroit vraiment extraordinaire. N'était-ce pas là que vivait, dans son palais épiscopal, Monseigneur Villeneuve? Ce cardinal était l'un des 52 cardinaux de Sa Sainteté le Pape. Une fois tous les quatre ans, le cardinal venait de Québec à notre village; il touchait la joue des enfants pour les transformer en «petits soldats de la vraie religion». Québec

I had never been to Quebec, and I used to dream about that city on the other side of the great St. Lawrence River. I knew that in Quebec City there was a castle so big that you could get lost in it, as in a forest.

Because of that castle, Quebec was a magical place for me. To reach it from my village you had to climb mountains, sail on a white boat, or cross a bridge that was one of the seven wonders of the world.

Not everyone went to Quebec City. Some rich village ladies went there to buy the latest styles. Apart from that, to go there you had to be newlywed. When the bride and groom came back they had such enigmatic recollections and such suggestive smirks that Quebec City took on an even deeper air of mystery.

That was a long time ago. To me, Quebec seemed really extraordinary. Was that not the place where Cardinal Villeneuve lived in his episcopal palace? He was one of the 52 cardinals chosen by His Holiness the Pope. Every fourth year the Cardinal came from Quebec City to our village, where he touched the children's cheeks to transform them into "little soldiers of the true faith." Quebec was no ordinary city if such a man could live there.

Another great personage lived in Quebec in the palace

n'était pas une ville ordinaire pour abriter un tel homme.

Un autre très grand personnage habitait à Québec dans le château du Parlement. Monsieur Duplessis, le premier ministre de la province, était presque aussi puissant que le cardinal. Il construisait des routes et des ponts partout dans la province. Il avait même construit des rivières, disait l'opposition. Il protégeait notre province contre l'invasion des communistes. Dans une rue de Québec, un homme de notre village avait aperçu ce grand homme avec son cigare.

C'est de Québec que nous venaient ces lutteurs poilus qui me faisaient détester mon petit corps de poulet.

Québec! C'était la ville d'où le père Noël nous parlait. L'oreille collée à l'appareil de radio, j'écoutais – je voyais – ses aventures au pôle Nord. Sans la radio de Québec, je n'en aurais jamais rien su. Quelle ville!

En plus de tout ça, Québec était la ville où les enfants devaient aller pour faire soigner leurs amygdales ou leur appendice. Plusieurs de mes amis étaient allés à Québec, mais mon excellente santé me retenait au village et m'interdisait ce royaume magique. Je rêvais; j'espérais une crise.

Je décidai qu'un jour je deviendrais le député de ma région. Alors, plus rien ne m'empêcherait d'aller à Québec.

Finalement, un vieil oncle m'a pris sous son aile et m'a guidé dans ce joli labyrinthe des rues anciennes de Québec.

M'y voici.

Québec est la première ville que j'aperçois. Je n'ai jamais vu le fleuve Saint-Laurent. Je n'ai jamais vu un bateau. Je ne crois pas ce qui m'arrive : je vogue dans un bateau blanc, sur le grand fleuve. De l'autre côté, en haut de la falaise, se dresse le château Frontenac.

Nous passons devant des édifices où ont vécu les personnages de mon livre d'histoire. Nous marchons dans des rues étroites; le bruit des sabots fait écho à celui de mes talons ferrés sur les pavés. Nous explorons les plaines d'Abraham où l'Angleterre a pris à la France la colonie de nos ancêtres.

of the parliament. Mr. Duplessis, the province's premier, was almost as powerful as the Cardinal. He built roads and bridges all over the province. The opposition said that he even built rivers. He protected our province from invasion by the communists. In a street in the city a man from our village had once seen the great man with his cigar.

From Quebec as well came those great, hairy wrestlers who made me hate my scrawny body.

Quebec City. That was the place from which Santa Claus spoke to us. With my ear stuck to the radio I listened – I saw – his adventures at the North Pole. Without the Quebec City radio I would never have known anything. What a city!

On top of all that, Quebec was the city where children had to go to have their tonsils and appendices out. Many of my friends had been patients in the city, but my excellent health kept me in the village: forbidden to me was the magical kingdom. But I could dream, couldn't I! Hoping to be sick with a crisis.

I decided that one day I would become a member of the provincial parliament. Then nothing could prevent me from going to Quebec City!

Finally, an uncle took me under his wing and guided me through the pretty labyrinth of Quebec City's ancient streets.

I had made it!

Quebec was the first city I ever saw. And I had never seen the St. Lawrence River. I had never seen a boat before. I couldn't believe what was happening to me. I was sailing on a white boat, on the big river. On the other side, on top of a cliff, stood the chateau called Frontenac.

We passed in front of buildings where important people in my history book had lived. We walked through narrow streets where the wooden shoes of history were echoed by my metal heels on the cobblestones. We explored the Plains of Abraham where England took from France the colony of our ancestors.

On the way back to my village we crossed the Quebec

Le Carnaval   **Québec**   Winter Carnival

Pour revenir dans mon village, nous avons traversé le pont de Québec. C'est là, au-dessus d'un des grands fleuves de mon livre de géographie, que j'ai découvert la puissance de l'invention humaine.

Depuis ce voyage, j'ai vécu dans des villes plus anciennes que Québec, plus grandes, plus belles. Québec fut ma première ville... Pour elle, j'ai une affection particulière.

Ce que j'aime le mieux à Québec, c'est la musique de la vieille langue française. Écoutez-la bien. Comme les mots de l'ancienne langue française sont devenus vigoureux, joyeux, sur la rive du Saint-Laurent. Ah! cette gouaillerie chantante! Ah! cette verve taquine et gaillarde! La langue française est bien heureuse en Amérique! Si vous voulez connaître l'avenir de ce petit peuple francophone, écoutez les enfants qui jouent, mais passez distraitement devant le Parlement où de vieux enfants se querellent en attendant l'heure du dîner.

Québec est une ville enchantée. Voyez l'élégance des Québécoises, la beauté tranquille du fleuve Saint-Laurent, le charme doux de certaines rues, l'étrange parfum des plaines d'Abraham, où l'on sent encore une certaine brise de 1759. À Québec, la vie quotidienne s'écrit sur les murs des siècles passés.

Beaucoup de gens aiment ma vieille amie. J'en suis jaloux. Je l'ai visitée mille fois. Entre Québec et moi, c'est toujours l'amour fou.

Perdez-vous dans Québec, puis demandez la direction à un Québécois. Je ne vous promets pas que vous allez vous retrouver, mais vous découvrirez ce que j'entends par le charme de Québec. Il se peut que commence là une amitié qui durera longtemps. À Québec, tout commence par une petite leçon d'histoire.

bridge. There, high above one of the biggest rivers in my geography book, I discovered the power of human ingenuity.

Since that trip I have lived in cities older than Quebec, bigger, more beautiful. But Quebec was my first city and for it I have a very special feeling.

What I like best about Quebec City is the music of the old French language. Listen to it closely, listen how the words of the old French language have grown vigorous, joyous, on the shores of the St. Lawrence. That bantering tone, teasing, bold. The French language is happy in America! If you want to know the future of this small French-speaking people, listen to the children playing, but don't pay too much attention to the parliament buildings where childish old men are squabbling, filling in time till the lunch hour rolls around.

Quebec City is an enchanted place. Look at the elegance of the women, the tranquil beauty of the great St. Lawrence River, the gentle charm of certain streets, the strange perfume of the Plains of Abraham, wafted down the years from 1759. In Quebec City, everyday life is being written on the walls of past centuries.

Many people love this city, my old friend. I'm jealous of them. I've visited it a thousand times, and my affair with Quebec City still flourishes. A crazy love.

Lose your way in Quebec City, then ask a local citizen the way. You may stay lost, but you will discover what I mean by the city's charm. Maybe a friendship will begin there: it will last for a long time. In Quebec City, everything starts with a short history lesson.

montréal

Ah! que Montréal a changé! Et je ne suis plus tout à fait le même!

Quand j'y suis venu pour la première fois, j'avais 17 ans et, sous le bras, une caisse remplie d'exemplaires de mon premier recueil de poèmes. Je venais conquérir Montréal.

J'arrivais de loin. De village en village, des fermiers m'avaient finalement conduit à Québec. J'étais un auto-stoppeur patient et décidé.

À Québec, une voiture luxueuse s'est arrêtée. L'homme au volant m'a demandé d'où je venais, où j'allais. Quand j'ai répondu que j'allais vendre ma poésie à Montréal, il ne m'a plus parlé.

En entrant à Montréal, la voiture, tout à coup, a tourné dans une rue étroite et s'est arrêtée devant un modeste chalet au bord du fleuve Saint-Laurent, sous les arbres. J'ai suivi l'homme. Son père et sa mère vivaient là. Le père était pâle, chétif; la mère était costaude. Ils parlaient une langue étrangère avec leur fils. Ils vivaient avec un chien géant. Voulant prendre part à la conversation, je dis, plutôt gentiment : «Votre chien, madame, doit manger beaucoup...» Elle m'a répondu, avec un accent marqué, dans ma langue :

— Mon chien mange moins que mon mari!

How Montreal has changed! And I have, too, I suppose.

When I came to Montreal for the first time, I was 17. Under my arm I was carrying a box filled with copies of my first slim volume of poems. I was off to conquer Montreal.

I came from far away. From village to village I got rides with farmers as far as Quebec City. I was a determined and patient hitchhiker.

In Quebec City a sumptuous car stopped. The driver asked where I was coming from and where I was going. When I told him I was going to sell my poetry in Montreal, he didn't speak to me any more.

Entering Montreal, the car suddenly turned in to a narrow street and stopped in front of a modest tree-shaded cottage on the shore of the St. Lawrence. I followed the man. This was the home of his father and mother. The father was pale and puny. The mother was sturdy. They spoke a foreign language. They shared their home with a giant dog. Wanting to take part in the conversation, I asked (I thought, pleasantly), "Your dog, ma'am, must eat a lot." She replied in my language, with a strong accent, "My dog eats less than my husband."

In tears, the husband said, "She gives me nothing to eat. The dog gets it all."

Alors le mari a dit, avec des larmes aux yeux :

— Elle ne me donne pas à manger... C'est le chien qui reçoit tout.

Mon hôte a donné quelques billets à son père qui n'arrêta plus de répéter des remerciements sans fin ni de faire des courbettes.

Puis, nous sommes retournés à la luxueuse décapotable.

Plus tard, au centre-ville, il m'a demandé : «Où vas-tu descendre?» Je ne savais pas. «Où vas-tu rester?» Je ne savais pas. Un peu irrité, il a conduit dans la montagne. Il a garé sa voiture près d'une maison grosse comme un château d'où je pouvais voir le fleuve. Mon hôte a crié à la bonne : «Occupez-vous de ce poète!» La bonne : elle était une cousine de ma mère!

Cela est arrivé il y a plusieurs années. Je n'ai jamais retrouvé, dans la montagne, ce château si accueillant!

Montréal ressemble toujours un peu à ce premier séjour : Montréal a de la chaleur humaine, de la générosité, de la cordialité.

À cette époque, Montréal était une ville basse, dans le feuillage des arbres. Les plus hautes tours étaient les clochers des églises. Ils étaient très bruyants en ces dimanches encore religieux où les cloches folles n'empêchaient pas Dieu de dormir.

Puis, l'on a commencé à démolir des quartiers. L'on a creusé des trous immenses pour établir les fondations des gratte-ciel.

Venant de la campagne, j'étais étonné, bouleversé de voir démolir ces maisons. C'était pour moi un péché. À la campagne, l'on ne démolissait pas, l'on ajoutait une pièce, un étage, l'on radoubait, réparait. Cette contradiction me troublait : à Montréal, construire c'était d'abord démolir!

Je regrette qu'on ait effacé le Montréal d'hier. Je n'aimerais pas que l'on démolisse le Montréal d'aujourd'hui.

My driver gave some bills to his father, who accepted them with a succession of thank-you's, bowing and scraping.

We returned to the luxurious convertible.

Later, in the downtown area, he asked, "Where do you want to get off?" I didn't know. "Where are you going to stay?" I didn't know. Irritated, he drove up the mountain. He parked his car beside a house as big as a castle. The place was so high, I could see the river! My host shouted to the maid, "Look after this poet!" The maid was my mother's cousin!

All this happened many years ago. Never again was I able to find that welcoming mountain castle.

Montreal is still in many ways the city it was when I saw it for the first time. It has human warmth, generosity, cordiality.

At that time it was a low-built city, hiding under the treetops. The highest buildings were the church steeples. They were very noisy on the – still religious – Sundays, but the wild bells didn't prevent God from sleeping.

Then they started to demolish whole neighbourhoods. They dug huge holes for the high-rise foundations.

Coming from the country, it upset me to watch those houses being pulled down. For me it was a sin. In the country we didn't knock things down. We added a room or another storey, we patched and repaired. I was troubled by the contradiction: in Montreal, to build was first to demolish!

I'm sorry that yesterday's Montreal has been erased. I would hate to see today's Montreal demolished.

At the foot of the mountain, Montreal grew vertically like American cities, like all modern cities. It also went underground: the architects wanted shelter from icy winds and blizzards.

Montreal's underground is stylish and snug. There, life goes on as if winter were somewhere else. Let the wind shake the buildings: underground it's perpetual summer.

L'avenue Mont-Royal   **Montréal**   Mont-Royal Avenue

Au pied de la montagne, Montréal a grandi en hauteur comme les villes d'Amérique; comme les villes modernes. Elle est aussi une ville creusée dans le sol. Les architectes ont ainsi voulu échapper aux vents glacials, aux tempêtes de neige.

Le Montréal souterrain est coquet, douillet. L'on y vit comme si l'hiver était ailleurs. La bourrasque peut secouer les parois des buildings; dans le Montréal souterrain, c'est l'été perpétuel.

Devrais-je vous raconter l'histoire de deux amis? Un jour, ils sortaient de la cour, après leur divorce. Ils se heurtent à une infranchissable tempête de neige.

La tempête du siècle, dit-on. Rien ne bouge plus dans les rues. Pourquoi ne pas attendre que tout se calme? Ils peuvent redevenir amis, puisqu'ils sont divorcés. Ils descendent dans le Montréal souterrain. Sans subir l'assaut d'un seul flocon de neige, ils trouvent un restaurant. Chandelles, dessert, champagne : un miracle se produit. Ils retombent amoureux. Mon ami demande sa femme en mariage. Elle accepte. En attendant les délais qu'exige la procédure, ils décident de faire immédiatement leur voyage de noces.

Toujours par le réseau souterrain, sans sortir, ils trouvent un nid dans un hôtel. Ils admirent, à travers leur fenêtre, la beauté sauvage d'une tempête hivernale qui s'abat sur Montréal pendant deux jours.

Mes amis m'ont raconté leur merveilleux voyage de noces, dans leur ville, Montréal. Protégés de l'hiver, ils ont pu acheter des bijoux, de la fourrure, du pain et de la confiture, assister à un concert, à un match de hockey, aller écouter une conférence à l'université, visiter le coiffeur, le dentiste et réaliser quelques affaires. Et, chaque fois, ils rentraient à l'hôtel avec une brassée de fleurs.

— C'était comme dans un sous-marin, disait-elle avec encore de l'extase dans les yeux.

Il se peut qu'à votre arrivée, Montréal vous semble morose. Demandez tout simplement : «Où est la fête?» Montréal ne cesse de célébrer : la danse, la neige, la

Shall I tell you a story about two friends of mine? They were just emerging from the Court, newly divorced. They were assailed by a roaring snowstorm.

People said, "The storm of the century." In the streets, nothing moved. Why not wait until it blew over? They could be friends, now they were divorced. They went down to underground Montreal. Without ever seeing a snowflake, they found a restaurant. Candlelight, crepes suzette, champagne... and the miracle happened. They fell in love again. My friend asked his wife to marry him. She accepted. Pending all the procedural delays, they decided to go on their honeymoon at once.

Still in the underground system, without going outside, they found a ready-made nest in a hotel. Through their window they admired the savage beauty of a wintry storm that buried Montreal for two whole days.

My friends told me the story of their marvellous honeymoon trip at home in Montreal. Shielded from the weather, they had been able to buy jewellery, furs, and bread and jam; they had gone to a concert and a hockey game, listened to a university lecturer, been to the hairdresser and the dentist, and made some business transactions. After each excursion they came back to the hotel with a bouquet of flowers.

"It was like being in a submarine," she told me, with ecstasy still in her eyes.

When you arrive in Montreal, the city may seem very dull. Simply ask: "Where is the festival?" Montreal is always celebrating something or other: the dance, the snow, bicycling, jogging, the national holiday, politics, theatre, music, circuses, hockey.

Montreal loves America but its people speak the language their ancestors spoke when they came from France 350 years ago.

You can live in the French city without noticing that the biggest French city in America is also an English city. You may speak the language of Shakespeare without ever hearing

Préparatifs pour la Confédération   **Montréal**   Canada Day preparations

bicyclette, la course à pied, la fête nationale, la politique, le théâtre, la musique, le cirque, le hockey.

Montréal adore l'Amérique, mais ses habitants conservent la langue des ancêtres venus de France, il y a 350 ans.

Vous pouvez vivre dans la ville française sans savoir que la plus grande ville française en Amérique est aussi une ville anglaise. Vous pouvez parler la langue de Shakespeare sans jamais entendre la langue de Molière. C'est un grand plaisir de voyager d'un Montréal à l'autre!

Si la fête a été grisante, ne croyez pas que Montréal vous a révélé tous ses secrets. Il faut prendre son temps. Quittez le centre-ville, marchez dans les quartiers, observez les façades des maisons, l'architecture des fenêtres et des balcons, écoutez les langues de la rue. Humez l'odeur; chaque quartier a son parfum.

Chaque quartier a sa couleur. Ah! j'ai visité presque toutes les maisons de Montréal! J'étais un jeune poète et il fallait bien vivre. J'ai trouvé du travail au service des taxes municipales. Chaque jour, l'on me désignait une rue et je devais visiter chacune des maisons, chaque appartement, pour vérifier si des travaux exécutés avaient modifié la valeur du bâtiment. Je ne crois pas avoir été un très bon fonctionnaire, mais j'ai appris que chaque porte d'une maison, d'un appartement ou d'une usine est comme la couverture qui s'ouvre sur un immense roman.

Les Montréalais sont de solides nordiques, mais un nuage au ciel les rend sombres comme une nuit de six mois. Un rayon de soleil sur le nez les transforme en papillons.

Toutes les fêtes sont belles à Montréal! La plus étonnante est celle où le printemps, d'un coup de pinceau, recolore la ville. Ce jour-là, Montréal devient folle de printemps.

Montréal, c'est cent villages additionnés et multipliés par quatre saisons et quelques douzaines de fêtes et une centaine de peuples!

that of Molière. It's a great pleasure, travelling from one Montreal to the other!

The festivals may have been inebriating, but don't ever believe that Montreal has revealed all its secrets to you. That takes time. Walk away from downtown, go to the various neighbourhoods, examine the house fronts and architecture of the windows and balconies, listen to the many languages in the streets, sniff the air: every part of town has its own fragrance.

And its own colour. I have visited almost every house in Montreal! I was a young poet and had to make a living. I found a job at the municipal taxation department. Each day I was assigned a street where I had to visit every house and apartment, every room, to see if some renovation had changed the value of the property. I don't think I was a very good city employee, but I learned that every door of a house, apartment or factory was like the cover of a huge novel.

Montrealers are tough northerners, but a cloud in the sky makes them as gloomy as a polar winter. And a ray of sunshine on their nose turns them into butterflies.

All the celebrations are beautiful in Montreal; but the most lavish one is when spring, with a single brush stroke, paints the city green again. On that day, Montreal is crazy with its springtime.

Montreal is a hundred villages added together, multiplied by four seasons, a few dozen festivals and a hundred peoples!

ottawa

— Ottawa est une ville pointue, disait l'une de mes filles.

— Non, disait l'autre, c'est une ville plate.

— Regarde tous ces pignons pointus.

— Tu ne vois pas que tous les toits sont plats.

Mes deux filles ne regardaient pas dans la même direction. À la fin, elles ont fait ce que l'on fait à Ottawa, capitale du Canada : un compromis. Mes filles se sont entendues sur le fait qu'Ottawa est à la fois une ville plate et une ville pointue.

Elles étaient petites alors. Quand elles parlent d'Ottawa aujourd'hui, elles parlent de rues où les enfants circulaient à bicyclette en toute liberté, sans danger; elles parlent d'enfants, sur une île, qui jouaient au ballon après un pique-nique; elles parlent de la rivière en colère qui avait débordé de son lit au printemps.

J'ai les mêmes souvenirs. Ces fêtes de famille avaient lieu le dimanche. Je n'ai pas oublié ces gerbes d'enfants sur le dos de leur père ni les chiens qui partageaient tous leurs jeux.

Il m'est arrivé de retrouver le lundi ces parents qui avaient tant joué la veille.

Ils ressemblaient à des enfants tristes qui vont à l'école avec leurs cartables trop lourds. Les enfants, qui étaient si

"Ottawa is a shiny city," said one of my daughters.

"No," said the other one, "it's a dull city."

"Look at all those shiny windows!"

"Yes, but the stones are dull."

My two daughters weren't looking in the same direction. Finally, in Canada's capital, they did what people do in Ottawa: they compromised. They agreed that Ottawa was at the same time shiny and dull.

They were small then. When they talk about Ottawa today they remember streets where children rode their bikes in freedom and safety; they remember children on an island playing ball after a picnic; they remember the angry river in springtime, flooding the streets.

My memories are the same. Those family outings were on Sundays, and I recall the shouting kids on their fathers' backs, and the dogs that shared all their frolics.

It happened sometimes that I met on Monday the parents who had been so playful the day before.

They looked like sad schoolchildren with their heavy briefcases. And the children, so happy the day before, dragged their feet like bored civil servants.

At a meeting around a departmental table, my play-mates, so amusing, dishevelled and rumpled the day before,

gais la veille, rentraient à l'école avec l'air de fonctionnaires ennuyés.

À une réunion autour de la table d'un ministère, mes camarades de jeux, si drôles, ébouriffés, débraillés la veille, avaient renoué leur cravate, replacé leurs cheveux; ils s'étaient habillés de gris. Quand ils me furent présentés, ils ne s'appelaient plus Bill, John, Pierre ou Paul; ils étaient devenus S.M.P.P.M., D.G.A.T., A.A.D.T.I. Une fois, l'un de ces sévères gardiens de la bourse publique, avec son masque du parfait fonctionnaire, avait encore dans les cheveux des brins d'herbe du parc où mes filles l'avaient fait rouler.

Ah, comprendre l'âme d'Ottawa est aussi difficile que de revenir en voiture à mon hôtel! Les sens uniques m'amènent là où je ne veux pas aller. Le canal qui partage la ville est infranchissable. Cette jolie petite ville est une parfaite capitale : son réseau de circulation reflète exactement le labyrinthe gouvernemental. Il est tout aussi difficile de faire avancer sa voiture que son dossier!

Si je suis perdu, c'est ma faute! Pas moins de huit ponts franchissent le canal. Si je suis perdu, c'est que je me perds toujours dans les villes que j'aime. Je suis distrait. Je déteste être emprisonné dans une voiture. Ottawa est une ville ou l'on souhaite déambuler comme dans un parc.

Vous le dirais-je? Comme tout Canadien, je rêve parfois d'Ottawa! Pourquoi ne deviendrais-je pas ministre? Pourquoi pas moi? Je pourrais détenir le plus important des ministères : le ministère du compromis. Je pourrais même devenir sénateur. Quel bonheur ce doit être de faire un peu d'exercice en montant sur la colline faire sa sieste! Je pourrais devenir Premier ministre! Celui qui réussit à gonfler le plus grand nombre de ballons colorés est élu. Ce jeu semble bien amusant.

L'on veut réduire le flot de papier qui submerge les bureaux de la capitale et noie les fonctionnaires. Je proposerais la destruction totale de tous les formulaires d'Ottawa,

had knotted their ties, brushed their hair and donned their grey suits. When introduced, they were no longer Bill or John or Pierre or Paul: they had become D.M.M.P.P., D.G.A.T. or A.A.D.T.I. On one occasion, one of those grave custodians of the public purse, wearing his perfect official mask, still had in his hair some blades of grass from the park where my daughters had romped and rolled with him the previous day.

Ah, to understand the Ottawa soul is as difficult as driving back to my hotel. The one-way streets take me where I do not want to go. Is there no way to cross the canal that divides the city? This pretty little town is a perfect capital: its traffic circuits are an exact reflection of the governmental labyrinth. It's equally hard to get anywhere with your car or with your brief!

If I'm lost it's my fault. There are no fewer than eight bridges that cross the canal. The fact is, I always get lost in the cities I love. I'm absent-minded. I hate being imprisoned in a car. Ottawa is a city where you want to stroll, as if it were a park.

Shall I confess? Like all Canadians I sometimes dream of Ottawa. Why shouldn't I be a cabinet minister? Why not? I could take over the most important of all portfolios: the Ministry of Compromise. I could even become a senator! It must be nice to get a little exercise on the gentle slope of the Hill as one drops in for a siesta! I could become the Prime Minister!

The one that inflates the most coloured balloons gets the job. Wouldn't that be fun?

They want to reduce the flood of paper that's submerging the capital's offices and drowning the officials. I would propose the total destruction of all the forms in Ottawa, filled-out or blank, and all the files. Because I am also practical, I would declare it compulsory to make a photocopy of all documents to be destroyed. (Am I ready for Ottawa or not?)

Le marché Byward à Noël   **Ottawa**   Byward Market at Christmas

remplis ou vierges, et de tous les dossiers. Parce que j'ai aussi l'esprit pratique, je rendrais obligatoire de faire une photocopie de tout document détruit. Est-ce que je ne suis pas prêt pour Ottawa?

Comme Canberra en Australie, Brasilia, ou Islamabad au Pakistan, Ottawa ne peut cacher cet air de ville un peu artificielle que prennent les capitales où administrer devient la principale activité.

Ottawa ressemble à un hôtel où l'on descend pour un meeting, une semaine, une vie parfois. Toujours, on pense que l'on ne restera pas.

Quand, dans son ciel, Dieu entend une prière qui dit : «Mon Dieu, faites que j'aille à Ottawa», il sait de quoi il s'agit et il se prépare à beaucoup pardonner.

Beaucoup d'ambassadeurs vivent à Ottawa. J'ai pour eux la plus profonde admiration. Il y a quelques années, lors d'un voyage, ma femme avait laissé une paire de souliers usés dans un petit hôtel de la province française. Après cela, nous avions parcouru la Belgique, la Suisse, le Luxembourg, l'Autriche et nous avions franchi ce qui s'appelait à l'époque le rideau de fer. Plusieurs mois plus tard, à l'occasion d'une visite à Ottawa, un ami nous annonce qu'il a pour ma femme une paire de souliers. C'était les chaussures oubliées dans l'hôtel de Bretagne. Elles nous avaient suivis de pays en pays, et notre ami médecin les avait reçues d'un diplomate russe qu'il traitait.

— Ces souliers n'avaient aucune importance, dit ma femme, tout de même étonnée de l'efficacité diplomatique.

— À Ottawa, dit notre ami, on est très compétent pour ce qui n'a pas d'importance.

À Ottawa, il suffit d'écouter la brise pour connaître tous les secrets.

Like Canberra in Australia, like Brasilia, or like Islamabad in Pakistan, Ottawa can not conceal that aura of a rather artificial city, assumed by capitals where administration has become the principal enterprise.

Ottawa is like a hotel where you stay for a single meeting, a week, a lifetime perhaps. And you keep thinking you aren't going to stay there.

When God in heaven hears a prayer that goes, "Oh, Lord, let me go to Ottawa!" he knows what it's about and prepares to pardon greatly.

Many ambassadors live in Ottawa. I have the most profound admiration for them. Some years ago, during a trip, my wife forgot a worn-out pair of shoes in a little hotel in provincial France. We continued our voyage through Belgium, Switzerland, Luxembourg and Austria, whence we passed behind what was then called the Iron Curtain. Several months later, during a visit to Ottawa, a doctor friend announced that he had a pair of shoes for my wife. They were indeed the shoes forgotten in the hotel in Brittany. They had followed us from country to country, and our doctor friend had received them from a Russian diplomat he was treating.

"These shoes weren't important!" said my wife, amazed, nonetheless, by diplomatic efficiency.

"In Ottawa," said my friend, "we are very competent in matters of no importance."

In Ottawa, if you simply listen to the breeze you learn all the secrets.

toronto

La légende raconte que Toronto transforme en millionnaires ses citoyens.

Pourtant les premiers Torontois que j'ai connus étaient de jeunes poètes pâles et pauvres. Ils hantaient le sous-sol d'une maison victorienne, près de la salle des chaudières. Quand l'administration a voulu démolir le quartier où ils habitaient pour y faire passer une autoroute, ils se sont battus. Leur ville est plus belle parce qu'ils ont gagné.

Un soir, beaucoup d'années plus tard, dans la métropole canadienne du développement, de l'entrepreneurship (comme on dit) et du succès, je marchais avec un homme qui me dit :

— Vous voyez ce banc, dans le petit parc? J'ai risqué ma vie pour ce banc. Je me suis battu au couteau pour m'asseoir sur ce banc. Parce que c'était mon banc. Mon banc, c'était ma maison. Je suis sorti de l'école sans savoir lire. Je m'ennuyais à l'école. Je préférais le sport. J'ai vivoté. Quand j'ai vu mes amis se promener en voiture avec leurs petites amies, moi, j'ai pensé que je méritais tout aussi bien et même mieux. Je me suis débrouillé. J'ai eu des motos costaudes. J'ai eu des voitures luxueuses. J'ai eu des amies plus sexy que les leurs. Et je me suis retrouvé en prison.

Legend tells us that Toronto turns its people into millionaires.

Yet the first Torontonians I met were young poets, pale and poor. They haunted the basement of a Victorian house, beside the furnace room. When developers tried to demolish their neighbourhood, they fought back. Their city is more beautiful because they won.

One evening, many years later, in the Canadian metropolis of development, entrepreneurship and success, I was walking with a man who told me, "See this bench, in the little park? I risked my life for this bench. I fought with a knife to sit on that bench. Because it was my bench. My bench was my home. I left school without having learned to read. I was bored in school. I preferred sports. I lived sparely. When I saw my friends with cars and girlfriends I thought I deserved that too, and maybe more. Somehow, I managed. I had big motorcycles and luxurious cars. I had sexier girlfriends than they did. And I ended up in jail."

The following day I saw that man talking to the Prime Minister. I saw him shake hands with the kings of high finance. He had learned how to read, and dedicates his life to helping street children who resemble him as he was years ago.

Le lendemain, j'ai vu cet homme parler au premier ministre du pays, je l'ai vu serrer la main à des rois de la finance. Il a appris à lire et il dédie sa vie à aider, dans les rues du pays, des jeunes gens qui ressemblent à ce qu'il a été.

Nous étions au Casa Loma, dans une salle où le plafond porte la devise du maître de ce château fou : «Devant si je puis». Et cet homme, qui avait vécu sur un banc, était très à l'aise pour me décrire les panneaux de tilleul, les planchers de chêne ou le jardin que réchauffe un réseau de tuyaux à vapeur...

De l'est à l'ouest, les Canadiens détestent Toronto. «Cette ville, disent-ils, a trop de pouvoir politique. Elle a trop de pouvoir économique. Elle a trop de pouvoir intellectuel. Elle imagine que son journal local est un journal national. C'est une ville américanisée, disent-ils. La vie y est chère, les Torontois la désertent. C'est une ville dont le cœur cesse de battre à la fermeture des bureaux.» Pourtant l'on y vient de partout.

Quand ils sont à l'étranger, au nom de Toronto, les Canadiens, de quelque région qu'ils soient, répandent un sourire fier, comme si on les félicitait d'avoir réussi quelque chose d'impossible.

Puis, ils entreprennent de réciter la litanie de Toronto. En quelques années, cette ennuyeuse petite ville s'est métamorphosée en une métropole cosmopolite. À Toronto, disent-ils, les groupes raciaux vivent en harmonie. Les immigrants deviennent de bons citoyens canadiens, mais ils conservent aussi le charme de leur culture. La ville est propre. Le métro est impeccable. Vous pouvez à toute heure marcher dans la rue sans être importuné. Toujours, quelqu'un assure : «Vous savez, je connais à Toronto une fleuriste qui laisse, la nuit, ses fleurs sur le trottoir devant son échoppe. S'il en manque le matin, elle trouvera toujours quelques billets sous le pot.»

À Toronto, les édiles municipaux siègent dans une soucoupe volante amarrée à l'hôtel de ville !

We were in Casa Loma, in a hall whose ceiling is engraved with the motto of the man who built that folly: "Devant, si je puis!" (In the forefront, if I can). The man who had lived on a bench was quite comfortable describing to me the basswood panels, the oak floors or the garden heated by a system of steam pipes.

From east to west, Canadians dislike Toronto. "That city," they say, "has too much political power, too much economic power. It has too much intellectual power. It imagines that its local newspaper is a national paper. It's an American city." They say: "Life is expensive there, Torontonians are leaving it. It's a city whose heart stops beating when offices close." Yet people are flocking there from everywhere!

Canadians abroad, from whatever region, if they hear the name of Toronto dropped, smile proudly, as if they were being personally complimented on a difficult achievement.

Then they will recite the Toronto litany: in a short time that boring small town was metamorphosed into a cosmopolitan metropolis. "In Toronto," they say, "ethnic groups live in harmony. Immigrants become good Canadian citizens but they also preserve the charm of their culture. The city is clean. The subway impeccable. At any time of day one can walk in the streets without being annoyed." There is always someone saying, "I know of a flower shop in Toronto that leaves flowers on the street overnight. If in the morning some flowers are missing there is always money left under the pots."

In Toronto the councillors meet in a flying saucer that is moored to the City Hall!

Some say that Toronto has no soul. I was in the business area on the day the stock market collapsed. Millions of speculators saw their investments melting on the computer screens. That day, under the entrance of a towering office building, a young businesswoman was crying. Her pretty face was running with tears. She was

Au carrefour des rues Yonge et Wellesley **Toronto** At the corner of Yonge and Wellesley

Certains disent que Toronto n'a pas d'âme. J'étais dans le quartier des affaires, le «Lundi noir», en ce jour où le marché boursier s'est écroulé. Des millions d'investisseurs ont vu fondre leur avoir sur les écrans des ordinateurs. Ce jour-là, sous le portique d'une puissante tour, une jeune femme d'affaires pleurait, inconsolable. Son joli visage était couvert de larmes. Elle sanglotait comme si elle avait perdu toute sa fortune. J'ai tenté de la convaincre que tout n'était pas perdu. Elle pleurait à inonder la rue Bay. Je l'ai conduite dans un parc. Je lui ai fait remarquer le vagabond qui chantonnait en jetant des miettes aux pigeons.

— Vous ne comprenez rien, m'a-t-elle dit à la fin. Je pleure parce qu'à cause de cette catastrophe financière, je n'ai pas le temps d'aller déjeuner avec mon père qui est venu me visiter à Toronto!

J'ai été célèbre, un jour, à Toronto. Je sortais du Maple Leaf Gardens en compagnie du grand Maurice Richard, le fameux numéro 9 des Canadiens de Montréal, une légende vivante, un héros du hockey. Maurice Richard fumait un long cigare et son manteau ouvert laissait pointer une protubérante bedaine. Tout le monde reconnaissait le champion. Tout le monde lui demandait des autographes. On m'en demandait aussi, après Maurice. Je me sentais plutôt fier d'être un écrivain reconnu à Toronto... Mon orgueil a été bref.

— À quelle position jouez-vous? m'a demandé quelqu'un.

Un amateur éclairé s'est empressé de répondre :

— Il joue sur le banc.

J'ai quitté Toronto, cette fois, un peu triste de n'être pas un champion de hockey et un peu déçu de n'être pas un écrivain célèbre.

Toujours, on quitte Toronto avec, au fond de soi, ce sentiment un peu amer de n'être pas ce qu'on devrait être.

sobbing as if she had lost her whole fortune. I tried to persuade her that all was not lost. Her tears were flooding Bay Street. I took her to a park. I showed her the tramp who was singing as he tossed crumbs to the pigeons.

"You don't understand anything," she finally said. "I'm crying because this financial disaster prevents me from having lunch with my father, who came to visit me in Toronto today."

I was a celebrity in Toronto once. I was coming out of the Maple Leaf Gardens with the great Maurice Richard, the famous Number 9 of the Montreal Canadians, a living legend, a hockey hero. He was smoking a big cigar and his coat hung over a majestic belly. Everybody recognized the champion. Everybody wanted his autograph. They all wanted mine as well, after Maurice's. I felt quite proud to be a writer recognized in Toronto. My pride was short-lived.

Somebody asked me, "What position do you play?"

"He plays on the bench," said a wise guy.

I left Toronto that time a little sad not to be a hockey champion and a little disappointed not to be a famous writer.

Every time you leave Toronto it's with the bitter feeling, deep in your heart, of not being what you should be.

Harbourfront **Toronto** Harbourfront

winnipeg

Ceux qui ont planifié Winnipeg avaient plus d'espace qu'ils en voulaient. Les parcs sont nombreux, les avenues sont trop larges. Au sommet de la tour du Parlement, le Garçon doré surveille, dans le vent, cette vaste tranquillité. L'on pourrait, dans tout l'espace libre de Winnipeg, construire une autre ville.

Winnipeg est un carrefour paisible. Les rivières s'y rencontrent. Les chemins de fer s'y croisent. Le cœur commercial se trouve là où les marchands de fourrures venaient négocier avec La Vérendrye en 1738, au confluent de la rivière Assiniboine et de la rivière Rouge.

Si quelqu'un y circule, c'est en voiture. Les piétons préfèrent les longues passerelles qui unissent l'un à l'autre les édifices, au-dessus des avenues. Avec ingéniosité, les architectes ont réussi à vaincre le dur climat de Winnipeg. L'on peut marcher sans être bousculé par le vent qui souffle fort au carrefour Main et Portage.

Les rues sont-elles vides? Il serait plus juste de parler d'espace. Vivant sur la terre immense des Prairies, les gens ont besoin d'espace, comme d'autres ont besoin d'air. Ceux qui ont édifié la ville ont utilisé tout l'espace possible. Ils avaient aussi une certaine vision de l'avenir. Je ne peux m'empêcher de rêver que quelque chose de très important va survenir le long de ces larges avenues.

Winnipeg's planners had more space than they knew what to do with. The parks are many, the avenues too wide. At the top of the Legislative Building the Golden Boy watches in the wind over this vast tranquillity. In all the empty space in Winnipeg there's room for another city.

Winnipeg is a peaceful crossroads. Rivers meet, railroads cross. The business centre is located where the fur merchants came to negotiate with La Vérendrye in 1738: at the confluence of the Assiniboine and Red rivers.

If anyone is moving, it's by car. Pedestrians prefer to use the long overpasses that connect the buildings, over the avenues. Clever architects got the best of Winnipeg's tough climate. One can walk without being buffeted by the wind, which blows powerfully at Portage and Main.

Are the streets empty? It would be more correct to talk about spaces. Living on the immense expanses of the Prairies, the people here need space the way others need air. The builders of the city used all the space they could get. They also had a certain vision of the future. I can't help thinking that something very important is going to happen on these wind-swept avenues.

Quick, let's get inside where they're drinking beer. The tough bons vivants will laugh as they tell you that it's not always snowing in Winnipeg, nor always raining; that the

Le Festival d'hiver   **Winnipeg**   Winter festival scene

Vite, entrons à l'intérieur, là où l'on boit de la bière. De bons vivants, costauds et rieurs, vous diront qu'il ne neige pas toujours à Winnipeg, qu'il ne pleut pas toujours, qu'il n'y vente pas toujours et qu'il n'y a pas plus de moustiques qu'ailleurs.

Moi, écoutant leurs mots rudes et leur accent rugueux, je songe à un aviateur de Winnipeg, un héros de la Deuxième Guerre mondiale, un héros généreux. Alors que son avion était en flammes, ce jeune homme d'origine polonaise, presqu'un enfant, au lieu de sauter, est allé secourir son compagnon emprisonné à l'arrière de l'avion, derrière un mur de feu. L'aviateur devait ressembler à mes hôtes : ils n'ont peur de rien.

Cette histoire m'a été racontée par un autre aviateur. D'origine ukrainienne, lui. Il m'a aussi confié : «Je me rappelle... J'avais six, sept ans... Quand un avion venait vers Winnipeg, je le voyais s'approcher de très loin dans le ciel, s'avancer lentement, passer au-dessus de ma tête lentement et disparaître très doucement, loin vers l'ouest. Dans les Prairies, on peut voir à perte de vue jusqu'à l'horizon. Et le ciel est encore plus grand que la terre. Moi, je suivais du regard l'avion, mais c'était l'immensité du ciel qui me fascinait et me donnait le vertige. Plus tard, j'ai piloté mon avion, mais je crois que jamais une envolée n'a été aussi belle que lorsque j'observais un avion, couché dans l'herbe à Winnipeg.»

Lorsque j'y suis, je fais chaque fois un pèlerinage à Saint-Boniface, là où se sont groupés autour de la basilique catholique les descendants de mes ancêtres attirés par les mirages de l'Ouest. Et je regrette d'être venu trop tard pour y apercevoir cette mince et jeune institutrice qui allait devenir la grande romancière Gabrielle Roy.

Je reçois aujourd'hui une lettre d'une autre jeune institutrice de Winnipeg. Elle habite Londres depuis quelques mois. Elle déteste la circulation, la surpopulation, la pollution de cette grande ville. Elle n'aime même pas la

wind is not always blowing, and there are no more mosquitoes in Winnipeg than anyplace else.

Listening to their rough words and grating accent, I think of a Winnipeg flyer, a World War II hero – a generous one. His plane was on fire, but this young man (almost a child), of Polish descent, instead of jumping out, went to the back of the aircraft to help a companion trapped behind a wall of fire. That aviator must have resembled my hosts: they fear nothing.

That story was told me by another flyer, of Ukrainian background. He also told me: "When I was six or seven years old, I remember when a plane was flying toward Winnipeg I could see it approaching from far away in the sky, coming slowly, going slowly over my head and disappearing very quietly toward the far west. In the Prairies you can see in all directions right to the flat horizon. And the sky is still bigger than the earth. I followed the plane with my eyes, but I was above all fascinated by the immensity of the sky. It made me feel giddy. Later, I became a pilot. I believe that no flight was ever so beautiful as when I was watching a plane as I lay in the grass in Winnipeg."

Every time I am in Winnipeg I go on a pilgrimage to Saint-Boniface. All around the Catholic basilica are settled the descendants of my ancestors who were attracted by the mirage of the West. And I feel sorry that I came too late to catch sight of the thin, young schoolteacher who was to become the great novelist, Gabrielle Roy.

Today I had a letter from another young schoolteacher from Winnipeg. She has been living in London, England, for some months. She hates that traffic-jammed, overpopulated, polluted big city. She doesn't even like the Thames River. She writes: "My dearest dream is to get back to my apartment, then wander along the Assiniboine River beneath my window. Afterwards I would go for a walk on Portage Avenue. I dream of smelling the air coming down from the Rockies."

Tamise. Elle écrit : «Mon rêve le plus cher est de retourner dans mon appartement et de flâner devant la rivière Assiniboine, qui coule sous ma fenêtre. Ensuite, j'irais me promener sur l'avenue du Portage. Je rêve de sentir le vent qui vient des Rocheuses.»

À Winnipeg, les nuits sont longues, disait un refrain populaire. Les jours aussi sont longs. J'aime ces villes qui ne vous volent pas votre temps. À Winnipeg, le temps vous appartient.

A popular song says, "In Winnipeg the nights are long." The days are long, too. I like cities that don't steal your time. In Winnipeg, time belongs to you.

saskatoon

J'étais bien heureux d'avoir été installé dans cette sorte de château à tourelles qu'est l'hôtel Bessborough. L'on m'avait même donné une fenêtre avec vue sur la rivière Saskatchewan sud. Je l'ai regardée longtemps. Elle est si paisible sous les arches des six ou sept ponts qui l'enjambent. Comment pourrait-elle être autrement? Elle coule entre les courbes sinueuses d'une prairie immensément plate qui semble résister à la rondeur de notre planète.

Au loin, se profilent à l'horizon les élévateurs à grain. Ces édifices, toujours si simples, ont pour moi plus de beauté que tous les édifices modernes qui ont poussé en tous sens le long des larges avenues rectilignes : ils me sont aussi touchants que certaines modestes églises dans les campagnes.

La vie de château, c'est bien mais, dans les Prairies, l'appel du large est irrésistible. Et je sors pour me trouver dans une rue où l'on désire m'acheter tout ce que je possède : ma montre, les livres dans mes poches, ma veste, mes meubles, mon argenterie, mes jeans ou ma casquette. Partout ces boutiques me proposent de l'argent comptant, des prêts à intérêt très bas, des appareils de télévision presque gratuits. Je pouvais même laisser là ma voiture en échange d'argent comptant. «Ici, il est facile de faire de l'argent», me dit une vitrine aux lettres rouges.

I was very pleased to have been installed in that turreted castle called the Bessborough Hotel. I was even given a window with a view of the South Saskatchewan River. I gazed down at it for a long time. It was so still under its six or seven bridges. How could it be otherwise? Its sinuous curves wind across the endless prairie which seems to deny that the earth is round.

Far away on the horizon I could see the silhouette of the grain elevators. In their simplicity they are more beautiful than all the high-rise towers growing in disorder along the wide, straight avenues – as touching as certain country churches.

Living in a castle is all very well, but on the Prairies the call of the wide-open spaces is irresistible. I went out and found myself in a street where they wanted to buy everything I possessed: my watch, the books in my pockets, my jacket, my furniture, my silver, my jeans and my cap. Everywhere these pawnshops offered me cash, low-interest loans, television sets at giveaway prices. I could even leave them my car in exchange for cash. "It's easy to make a buck here," said a red-lettered sign in a window.

Customers were carrying away their booty. Others walked off, whistling. I suppose they had just sold something and were enjoying the feel of money in their pockets.

Samedi matin dans la 20e Rue   **Saskatoon**   Saturday morning on 20th Street

Des clients transportent leurs précieux achats. D'autres marchent en sifflant et je pense qu'ils viennent de vendre quelque chose et jouissent de leur nouvel argent. Un couple d'Indiens entre dans une boutique avec des sacs bourrés. De sévères mennonites barbus discutent devant une vitrine d'objets hétéroclites sous la poussière.

Et soudain, j'aperçois un chameau en céramique. Que ce serait amusant d'avoir, dans ma collection, un chameau de la Saskatchewan!

J'ai parlé au commis avec l'accent que j'ai... le seul que je peux avoir.

— Ah! vous êtes du Québec! me dit un autre client, un vieux petit homme qui porte une casquette de travers. Moi aussi, je suis du Québec, de la Gaspésie. Je m'appelle Bujold.

Et il m'a raconté son histoire. C'est en sautant de train en train que, de la Gaspésie, il est venu en Saskatchewan, il y a longtemps. Quand le train arrêtait dans une ville, Bujold descendait, travaillait quelques jours et repartait ensuite pour une autre ville. À la gare de Saskatoon, il a aperçu une belle fille. Il lui a demandé s'il y avait du travail dans la ville. Elle a répondu qu'elle attendait son père qui avait peut-être besoin d'aide sur sa ferme. Bujold a travaillé pour ce fermier. Il est tombé amoureux de sa fille. Le père ne pouvait pas donner sa fille à un bohème. «Heureusement, me dit Bujold, la guerre mondiale est arrivée!» Il est allé se battre en Europe. À son retour, la fille n'était pas mariée. Il l'aimait encore plus, mais il n'avait ni terre, ni économies, ni éducation. Bujold était catholique, et ils étaient protestants.

— Ulla vit encore et, elle et moi, on va se faire enterrer dans le cimetière de notre village, assura-t-il.

Bujold m'affirma connaître chaque habitant couché dans ce cimetière. «La Saskatchewan a été faite avec des étrangers», m'explique-t-il.

Les immigrants vinrent de la Suède, comme les parents d'Ulla, son amour. Ils arrivèrent aussi du Danemark, d'Allemagne, d'Ukraine, et beaucoup, du Québec.

An Indian couple went into a shop bearing bulging shopping bags. Some stern-looking, bearded Mennonites were having a discussion in front of a window filled with a dusty collection of incongruous articles.

Suddenly I noticed a ceramic camel. How amusing it would be to add a Saskatchewan camel to my collection!

I spoke to the salesman with my accent – the only accent I have.

"Oh! You're from Quebec," said another customer, a little, old man with his cap on sideways. "I'm from Quebec, too, from the Gaspé. My name's Bujold."

And he told me his story.

He had come to Saskatchewan many years ago, jumping from one freight to another. When the train stopped in a city, Bujold got off, found work for a few days, and left again. In the Saskatoon station he noticed a beautiful girl. He asked her if there was any work in the town. She answered that she was waiting for her father, who might need help on their farm. Bujold worked for this farmer. He fell in love with the daughter, but her father couldn't give his daughter to a tramp. "Luckily," said Bujold, "World War II broke out." He went off to fight in Europe. When he came back the girl was still single. He loved her more than ever, but he had no land, no savings and no education. And Bujold was Catholic. The family were Protestants.

"Ulla is still living. She and I will be buried in our village cemetery," he assured me.

Bujold said he knew every inhabitant buried in that cemetery. Saskatchewan was made with foreigners, he explained.

Some immigrants came from Sweden, like his darling Ulla's parents. Others came from Denmark, Germany and the Ukraine, and many from Quebec.

The Prairie winds and hard labour gave them an expression of serenity and, at the same time, concern.

"My dear sir," said Bujold, "if you really want to see

Le vent de la plaine et les efforts aux labours des champs ont imprimé sur leur visage un air de souci serein.

— Mon cher Monsieur, dit Bujold, si vous cherchez quelque chose d'intéressant à voir, c'est la corde qui a pendu Riel, le chef de la Rébellion des Métis.

Quand le Canada a voulu annexer le Manitoba, les Métis se sont révoltés, comme l'on sait.

— Malheureusement, la corde qui a pendu Riel est à Regina et non pas à Saskatoon!

Un dépliant touristique me présente Saskatoon : plusieurs temples religieux, trois hôpitaux, de nombreux centres commerciaux, une université, huit terrains de golf, des piscines publiques, onze patinoires et même, en ce plat pays, une piste de ski. Et beaucoup d'autres choses.

C'est pourtant de Bujold dont je me souviens le mieux.

something interesting, you must see the rope that hanged Riel, chief of the Métis rebellion.''

As everyone knows, the Métis rebelled when Canada tried to annex Manitoba.

''Unfortunately the rope that hanged Riel is in Regina, not Saskatoon.''

A tourist folder praises Saskatoon: several churches, three hospitals, numerous shopping centres, a university, eight golf courses, public swimming pools, eleven skating rinks, and even, in that flat country, a ski slope!

But for me the tourist attraction was Bujold.

calgary

Je fais de la voile à Calgary, sur un grand étang, dans un parc. À bâbord, j'aperçois le sommet des Rocheuses. Le ciel semble une vaste prairie bleue.

À Calgary, la ruée vers l'or n'est plus un rêve nostalgique; c'est une activité quotidienne.

Quand j'y suis venu la première fois, j'arrivais dans une foule de jeunes ambitieux que déversaient les avions. C'était le temps de la fièvre de l'or noir. Les talons de bottes des cow-boys martelaient le plancher de l'aéroport. Certaines bottes luxueuses, confectionnées de peaux d'animaux rares, étaient le signe de la réussite. Souvent, elles étaient toute neuves; les pieds les portaient avec douleur. J'ai aussi vu des souliers troués.

Moi, qui ne suis jamais réaliste, je rêvais d'être accueilli par une cow-girl qui me prendrait dans sa voiture sport. Me croirez-vous? Une belle jeune dame, dans sa Porsche, m'attendait. Elle connaissait l'Ouest mieux qu'un vieux cow-boy.

Calgary a vite grandi. J'ai marché entre ses modestes maisons avec leurs toits sous les arbres. Comme dans le plus paisible village, rien n'a bougé : rien, semble-t-il, ne bougera. Soudainement, de l'autre côté de la rue, se dressent les tours de la ville moderne. Il semble qu'elles n'étaient pas là hier.

I was sailing in Calgary, on a wide pond in a park. To the left I could see the peaks of the Rockies. The sky looked like an immense blue prairie.

In Calgary the gold rush is no longer a nostalgic dream: it's a daily business.

When I first went to Calgary, I arrived in a crowd of ambitious youngsters as they poured out of their planes. Those were the days of black-gold fever. Cowboy-boot heels clacked on the airport floor. The most expensive boots, made from rare animal skins, were a sign of success. Many boots were brand-new and the feet that wore them must have been suffering. Some boots were quite worn down.

Never one to be a realist, I dreamed that I'd be met at the airport by a cowgirl in a sports car. Can you believe it? A beautiful lady was waiting for me in her Porsche. She knew more about the West than an old cowhand.

Calgary grew fast. I walked between its modest houses overshadowed by tall trees. As in the quietest village, nothing had changed. Nothing, it seemed, would ever change. Suddenly, on the other side of the street, rose the towers of the modern city. Surely they were not there yesterday?

In the office towers people feverishly read figures on their computer screens. A few metres away, in a labyrinth of

Le festival «Blues Reception» **Calgary** Blues Reception

Dans les tours, des gens fébriles lisent des chiffres sur les écrans des ordinateurs. À quelques mètres de là, dans un labyrinthe de clôtures blanches, le bétail meugle. J'aime les cris des cow-boys qui houspillent les animaux. Ils sont les mêmes que ceux des aventuriers qui chassaient le bison aux bords des rivières Bow et Elbow. Là, Calgary devait surgir cent ans plus tard.

Les hiéroglyphes électroniques n'ont pas effacé la tradition. Après leur journée au bureau, des gens d'affaires s'élancent sur les autoroutes vers leur ranch, au pied des Rocheuses.

Sur le ranch où je suis invité, les jeeps et les camions sont interdits. C'est à cheval que l'on s'occupe du troupeau de 700 vaches. On mène cette entreprise avec les façons du bon vieux temps. Pourtant, à Calgary, on croirait que l'histoire va commencer demain.

Je me souviens aussi d'une époque où le pétrole ne se vendait plus. Calgary allait-elle devenir une ville fantôme comme toutes ces villes où l'on a trop vite fait fortune? Les tours à bureaux étaient désertées. La nuit, les édifices étaient noirs, avec, parfois, une seule fenêtre éclairée.

Les immeubles à appartements étaient vides aussi. On louait à rabais. Dans une immense suite, j'ai rêvé une fois que j'étais devenu un roi du pétrole.

On a pour Calgary la fascination que l'on a pour l'Ouest.

Partout, je vais discrètement vers les petites gens qui me racontent si bien leur grande histoire. À Calgary, je rêve d'avoir une entrée bruyante, assis, sous mon chapeau blanc de cow-boy, dans un wagon tiré par des chevaux vigoureux, derrière des majorettes et des cow-boys! De temps en temps, je regarderais briller mes bottes.

Dans quelle autre ville pouvez-vous rencontrer un candidat à la mairie qui promet de passer une loi par laquelle les employés municipaux n'auront plus à donner du whisky à leur patron? Dans quelle autre ville, trouverez-vous une voiture sport Corvette à vendre pour 100 $, parce

white fences, cattle were lowing. I liked the shouting of the cowboys who were handling the animals. I imagined the shouts of the adventurers who hunted the bison by the Bow and Elbow rivers. There, a hundred years later, Calgary would rise.

The electronic hieroglyphs have not replaced tradition. After their day at the office, businessmen rush off on the expressways to their ranches in the foothills.

On the ranch to which I was invited, jeeps and trucks are forbidden. Cowboys on horseback look after the herd of 700 cattle. The business is carried on in the old-fashioned way. Yet in Calgary it seems that history will start tomorrow.

I also remember a time when oil was not selling. Would Calgary become a ghost town like all those cities where fortunes were made too fast? The office towers were deserted. At night their windows were dark, except perhaps for one or two.

The apartment buildings were also empty. Rents dropped steeply. In an immense suite I once dreamed I had become an oil king.

One is fascinated by Calgary as one is fascinated by the West as a whole.

Everywhere I seek out the humble people who tell their great stories so well. In Calgary I dreamt of making a sensational entry, wearing my white Stetson, in a wagon drawn by prancing horses on parade, led by majorettes and cowboys. From time to time I would glance at my shining boots.

In what other city can you encounter a mayoralty candidate who promises to pass a by-law stating that municipal employees will no longer have to give whisky to their boss? And in what other city will you find a Corvette sports car on sale for $100 because its owner was found in it, dead of a heart attack after some unhappy movement of the stock exchange?

Where else will you find, exhibited at the airport, an ancient device for measuring the iron wheel-rim of a horse-

qu'on y a trouvé son propriétaire mort d'une crise cardiaque après un mouvement de la bourse?

Dans quelle autre ville trouvez-vous, exposé à l'aéroport, un ancien instrument pour mesurer le cercle de fer qui entourait les roues des wagons à chevaux? Enfant, j'étais fasciné par cet outil qu'utilisait mon grand-père.

Dans quelle autre ville entendez-vous un cow-boy philosopher ainsi : «Calgary est comme un ranch. Quand il y arrive un nouvel animal, la tension psychologique augmente, et un combat aura lieu pour établir qui est le plus fort. Un homme à Calgary est comme un cheval qui marche dans un ranch : il lui faut faire attention aux trous des marmottes et aux serpents à sonnettes».

drawn wagon? As a child, I was fascinated by that tool, which my grandfather used.

And in what other city would one hear a cowboy philosophize like this: "Calgary is like a ranch. When a new animal comes in, the psychological tension rises and there'll be a fight to establish which is the strongest. A man in Calgary is like a horse walking on the range: he has to look out for the groundhog holes and the rattlesnakes."

banff

Banff, la nuit, ressemble à une poignée de diamants jetés au pied des montagnes sous une nuit étoilée! Banff, c'est un dessin tiré d'un livre de contes. Pardonnez-moi cette mauvaise poésie. Banff est un poème et mes mots ne sont que de pauvres mots.

Jusqu'en 1990, la ville de Banff était administrée par un parc national. Il fallait, me dit-on, obtenir l'autorisation du gouvernement pour réparer un trou dans la chaussée. La démarche pouvait durer un an. Imagine-t-on le temps qu'il a fallu pour construire les montagnes autour de Banff?

On demande aux résidants de ne pas ériger de clôtures : elles empêcheraient les élans de venir brouter dans les parterres. J'ai vu de ces bons vieux mâles, avec leur grand andouiller, se promener comme des touristes ordinaires.

Je pense à un compagnon de voyage. Comme moi, il était monté dans le train à Vancouver. Il avait vécu cinq ans au nord de Vancouver. Il avait travaillé comme forestier. Il ne voulait pas revenir à l'est avant d'avoir fait fortune. Quand il s'était senti assez riche, il avait décidé de revenir au pays natal. Mon compagnon transportait avec lui toute sa fortune. Il me l'a montrée : une caisse de carton, qu'il gardait sur ses genoux, remplie de billets de banque.

Nous nous sommes raconté l'histoire de nos vies, puis

Banff at night is like a handful of diamonds cast at the foot of the mountains under a starlit sky! Banff is an illustration from a fairy-tale picture book. Please forgive the bad poetry. Banff is a poem and my words are poor words.

Until 1990 Banff was administered by a national park. It was necessary, I was told, to get a government authorization to repair a pothole. The procedure could take a whole year. Imagine the time it took to build the mountains around Banff!

Residents are requested not to put up fences: they would prevent the elk from grazing in the flower beds. I saw some good-natured old elk with their big antlers, going for a walk like any other tourists.

I'm thinking about a travelling companion. Like me, he had boarded the train in Vancouver. He had spent five years north of Vancouver, working as a lumberjack. He hadn't wanted to go back east until he'd made his fortune. When he felt rich enough he decided to return to his birthplace. My companion carried his whole fortune with him. He showed it to me: a cardboard box which he held on his knees, packed with bank notes.

We told each other our life stories, then my companion said: "It's too beautiful for talking." Respecting his religious

Une autre splendide journée à Banff

Another beautiful day in Banff

mon compagnon m'a dit : «C'est trop beau pour parler». Respectant son silence religieux, j'ai pris quelques notes dans mon carnet. Comme ces photographies instantanées, elles ne contiennent pas la beauté que j'ai vue. Elles m'aident seulement à m'en souvenir.

«De chaque côté du train, les pics s'effacent dans les nuages. – Des rubans d'eau violente se déroulent sur le roc abrupt. – Un ruisseau très paisible suit le chemin de fer. Le canyon profond où le train roule a été creusé par le travail lent de cet humble ruisseau. – Des milliers de sommets pointus. Les gens des villes vont dans les musées regarder des chefs-d'œuvre. Tous les styles, tous les grands maîtres du passé et tous ceux de l'avenir, je peux les voir par la fenêtre de ce train. – L'être humain est un virus au bas de ces mastodontes de montagnes; mais il devient un géant s'il peut imaginer le temps qui les a façonnées. – Comment les arbres peuvent-ils vivre sans terre, accrochés au granit de toutes leurs racines? – Ces montagnes bougent comme l'onde. Si elles ont l'air immobiles, c'est que ma vie est trop courte pour que je puisse en percevoir le mouvement. – Certaines montagnes ont l'air d'être de la boue grise prête à dégouliner... pourtant c'est du roc. – Je vois sauter des truites dans un ruisseau bleu comme sur les cartes postales. Je vois des élans, en troupeau, qui broutent sans être dérangés par le train. Des chevreuils. – Le train roule dans le plus beau paysage de la terre. Moi, avec mes pauvres mots, je suis le plus mauvais poète du monde.»

Avec ses épargnes dans sa caisse de carton, mon compagnon se tait... Il ne se tait pas vraiment. À tout moment, il jure. Ce qu'il voit est trop beau pour qu'il reste silencieux. Les mots qu'il connaît ne peuvent exprimer son admiration. Alors il jure de toute son âme. Et ses jurons sont de la grande poésie. Ah! j'aurais voulu savoir jurer comme lui : c'était beau comme une prière. Dieu, dont on sent la présence en ces montagnes, a dû l'écouter avec un sourire dans sa barbe.

silence, I jotted down a few impressions in my notebook. Like instantaneous photographs, they do not capture the beauty I saw: they only help me to remember it.

"On both sides of the train, the peaks reach up into cloud. Ribbons of rushing water unroll down the cliffs. A peaceful stream runs parallel to the tracks. The deep canyon that the railway follows was dug by the slow work of that quiet stream. Thousands of peaks. In the cities people visit museums to see masterpieces. All the styles, all the great masters of the past, of the future – I can see them through my train window. The human being is a virus at the foot of these mastodon mountains, but he becomes a giant in the act of imagining the time that moulded them. How can the trees live without soil, grasping the granite with all their roots? The mountains move like the ocean swell. If they seem immobile it's because my life is too short to let me see their motion. Some mountains seem to be made of dripping grey mud, but it is really rock. I see jumping trout in the blue stream – an action postcard! I see herds of elk grazing, paying no attention to the train. Many deer. The train is travelling through the most beautiful landscapes on earth. I, with my poor words, am the worst poet in the world."

With his savings in his box, my companion was silent. But not all the time. Now and then, he swore... What he saw was too magnificent for him to remain silent. Ordinary words couldn't express his admiration. So he swore with his whole heart and soul. And his curses were great poetry. Oh, if only I could have cussed like that! It was beautiful, like a prayer. God, whose presence one feels in those mountains, must have listened to him with a smile behind his beard.

The train slowed down. They shouted, "Banff!"

My companion looked at me, stupefied, as if awakening from a dream.

"This is Banff?" he asked.

"Yes."

"Then this is my stop!"

Puis, le train ralentit. On annonce : «Banff!»

Mon compagnon me regarde, l'air un peu hébété comme quelqu'un qui est surpris dans son rêve :

— C'est Banff?

— Oui.

— Ben moi, je descends ici!

Il sort avec sa caisse remplie de billets. Sur le quai de la gare de Banff, il a l'air d'être un peu ivre.

Il l'est : de beauté!

Le train roule. J'essaie de penser aux fossiles engloutis dans cette invraisemblable marée de roc, il y a plus de 500 millions d'années...

He jumped out with his box full of bank notes. On the station platform he looked a little drunk.

He was drunk – with beauty.

The train rolled onward. I tried to think of fossils buried in this tide of rock, 500 million years ago.

yellowknife

Il est facile d'atteindre Yellowknife : vous vous rendez au Cercle polaire et vous redescendez, à 443 km vers le sud, jusqu'au Grand Lac des Esclaves! Il est plus facile d'y voler à partir d'Edmonton. Yellowknife est née avec la découverte de l'or en 1934. Les cheminées des mines, à l'est et à l'ouest, dans le beau ciel du Nord, rappellent que Yellowknife est bâtie sur l'or.

J'y suis allé l'hiver. La neige, où picoraient des corbeaux noirs, me paraissait de la poussière d'or.

De vieux chercheurs d'or habitent encore la ville. Si la fumée n'est pas trop épaisse au Café des Mineurs, vous les apercevrez, buvant du café, mangeant du bœuf musqué ou échangeant des souvenirs avec des Indiens, des Métis et des Inuit. Avec leurs vêtements épais, leurs grosses bottes, ils ont dans leurs yeux la nostalgie des belles aventures anciennes.

Ils se rencontrent près du bureau de poste, dans la partie neuve de la ville. Ses rues à angles droits, son centre commercial, ses banques, ses agents immobiliers, ses édifices en hauteur, ses boutiques de vêtements ou d'ordinateurs et ses maisons de petits bourgeois donnent à la nouvelle ville un air de banlieue bien ordinaire. Dans l'immensité de ce Nord, on a sans doute besoin de la vie

It's easy to get to Yellowknife: you fly to the Arctic Circle and then 443 kilometres south until you reach Great Slave Lake. It's easier to take a plane from Edmonton. Yellowknife was born with the discovery of gold there in 1934. The mine chimneys, to the east and to the west in the clear northern sky, remind us that Yellowknife was built on gold.

I went there in wintertime. The snow, pecked by crows, looked to me like gold dust.

Some old gold prospectors still live in the city. If the smoke isn't too thick in the Miners' Cafe, you'll see them drinking coffee and eating musk-ox meat, trading memories with Indians, Métis or Inuit. Wearing heavy clothes and boots, their eyes are filled with nostalgia for the great adventures of other days.

They gather near the post office in the new part of town. Its right-angled streets, its shopping centre, its banks, its real-estate agents, its high-rise buildings, its computer shops and clothing stores and its lower-middle-class houses, give the new town the look of a very ordinary suburbia. In this northern immensity, I suppose, people need the reassurance provided by a banal existence. But the pioneers, the Métis, the Indians, the Inuit, often with their wives, somehow look like outsiders here.

Aurore boréale   **Yellowknife**   Northern lights

banale pour se réconforter, mais les pionniers, les Métis, les Indiens, les Inuit, très souvent avec leur femme, ressemblent un peu a des étrangers dans ce décor.

La neige est rude. Le jour est sombre. Les phares des voitures sont allumés. Personne ne semble soucieux. Si vous apercevez quelqu'un à la mine préoccupée, c'est probablement un Blanc arrivé la veille et qui retourne le lendemain; la plupart du temps, il transporte des documents dans une serviette.

Je préfère la vieille ville de Yellowknife, sur l'île Latham. Une douzaine d'avions ancrés me rappellent que la ville n'aurait pas existé sans les pilotes de brousse. Un monument leur rend hommage, érigé sur un rocher aussi vieux que la planète, au milieu de la vieille ville.

Parce que je ne suis qu'un passant, j'aime ces cabanes posées dans un beau désordre coloré. Un fonctionnaire, me dit-on, a décidé de peindre en couleurs gaies ces bicoques pour que l'œil de la Reine en visite officielle ne soit pas offensé par leur pauvreté. J'aime, parce que je n'y vis pas, ce ramassis hétéroclite autour des cabanes où j'aperçois, pêle-mêle, des motoneiges, des vieux appareils de télévision, des sommiers rouillés, des camions rafistolés, des cuisinières électriques, des réfrigérateurs sans porte, des baignoires, des niches à chiens. Bien sûr, les bons citoyens en sont irrités. Eux se font construire des maisons où l'on devine le dessin d'un architecte qui a lu quelques magazines californiens. Les chiens ne se plaignent de rien, sauf de mon passage. Comme tout le monde ici, ils ont repéré l'étranger.

L'on veille tard à Yellowknife. Je commets l'imprudence d'inviter une jolie Inuk à danser. Quand je suis hors d'haleine, elle me laisse filer, mais je suis rattrapé par sa sœur, puis par ses autres sœurs – elles sont cinq – et par des cousines et d'autres cousines et encore d'autres cousines. Finalement, je danse avec leur mère, à qui m'arrache leur grand-mère qui doit avoir 120 ans. Elle me raconte qu'elle a vécu dans des iglous bas pendant si longtemps qu'elle n'a pas pu s'habituer à se tenir debout pour travailler dans la

The snow is blowing hard. The sky is dark. Headlights are on. No one seems to be concerned about it. If you see someone looking anxious, it's likely a white who arrived yesterday from the south and will be going back there tomorrow. He is probably carrying a briefcase full of documents.

I prefer Yellowknife's old town on Latham Island. A dozen airplanes anchored here remind me that the city would not have existed if it hadn't been for the bush pilots. A monument pays tribute to them, perched on a rock as young as the planet in the middle of the old town.

Perhaps because I'm only a visitor, I like the sight of these cabins and their fine, multicoloured disorder. I'm told that an official decided to have this shantytown painted in lively colours so that the royal eye would not be offended by its poverty during the Queen's official visit. Because I don't live here, I like the piles of odds and ends around the cabins: skidoos, old TV sets, rusty bed springs, patched-up trucks, electric stoves, refrigerators with no doors, bathtubs and doghouses. All this must irritate the worthy citizens who build houses whose design is cribbed from some Californian magazine. Dogs complain about nothing except the fact that I'm walking by. Like everyone else here, they've spotted an outsider.

People go to bed late in Yellowknife. Recklessly, I invited a pretty Inuk to dance with me. When I was out of breath she let me go, but I was caught by her sister, then by her other sisters (there were five of them) and cousins, and more cousins, and still more cousins. Finally I was dancing with their mother, from whom I was pulled away by the grandmother, who must have been 120 years old. She told me that she had lived so long in low-ceilinged igloos that she couldn't get used to standing up in the kitchen of her new house. She still kneels to work as she did in the igloo. She, from the ice country, and I, from the maple country, danced to rock'n'roll music somewhere above the 62nd parallel. Her whole family acted as interpreters. All of them drank

cuisine de sa nouvelle maison. Elle y travaille à genoux comme dans son iglou. Elle, du pays des glaces, et moi, du pays de l'érable, nous dansons sur un air de rock'n'roll de l'autre côté du 62e parallèle. Toute sa famille se fait interprète, tous boivent dans mon verre, et nous savons que nos pieds sont exactement au centre du monde!

Le lendemain, par une température de moins 42 degrés, je me promène. Ma montre m'assure que c'est le jour, mais on dirait que la nuit n'est pas terminée. Les pick-ups et les motoneiges ont besoin de leurs phares.

— C'est vrai que l'hiver est sombre, me dit mon hôte, mais l'été, à minuit, le soleil est assez fort pour qu'on voit les truites au fond du lac.

Je pense qu'avec ces lacs, ce gibier, cette nature, Yellowknife serait un excellent endroit pour bâtir un chalet. Seulement, c'est un peu loin... À Yellowknife, c'est plutôt le reste du monde qui est éloigné.

from my glass. And we knew that our feet were exactly planted at the centre of the world.

The next morning I took a walk in the minus 42 degree air. My watch assured me it was daylight, but one would think that the night was not yet over. The skidoos and pickups needed to have their headlights on.

"It's true the winter's dark," said my host, "but in the summertime at midnight it's so bright you can see a trout at the bottom of the lake."

I thought that with those lakes, the game, the wilderness, Yellowknife would be a great place to build a cottage. But it's a bit far... In Yellowknife, of course, it's the rest of the world that's far away.

whitehorse

— Yukon, qu'est-ce que ça veut dire? demandai-je à ma mère. J'étais bien petit mais j'avais réussi à lire les lettres bizarres de ce mot étrange.

— C'est un pays bien loin. On y trouve de l'or.

Le mot mystérieux était inscrit sur une épitaphe de bois pourrissant plantée de travers dans le cimetière de mon village. À cet emplacement, la mauvaise herbe poussait drue, sauvage.

— Passons vite, dit ma mère. Ce monsieur n'a pas eu une bonne vie.

Et elle m'a tiré par le bras.

Elle n'a jamais voulu m'en dire plus. J'ai réussi à recueillir ailleurs quelques bribes d'information. Je les ai ajustées les unes aux autres pour composer une biographie qui me donnait le vertige.

Ce fermier de mon village était parti à l'aventure au Yukon. Il a trouvé de l'or. Il est allé à l'hôtel se faire raser, donner un bain. Il s'est acheté un costume neuf. Il a loué toutes les voitures disponibles en ville. Ensuite, il est allé d'établissement en établissement louer des filles pour remplir ses voitures. Finalement, escorté d'impériale manière par toutes ses belles, il a défilé triomphalement dans les rues. Son cortège chantait et buvait du champagne sous les

"Yukon, what does that mean?" I asked my mother. I was pretty small, but I had managed to read the odd letters of that strange word.

"It's a far-away country. They dig for gold there."

The mysterious word was the epitaph cut in a rotting wooden marker planted askew in our village cemetery. In that part of the graveyard the weeds grew thick and wild.

"Come along quickly," my mother said. "This man led a bad life."

She pulled me by the arm.

She would never tell me more about him. But I succeeded in gathering a few snatches of information elsewhere. I fitted them together until I had a biography that left me dizzy.

This farmer from my village had sought adventure in the Yukon. He struck gold. He went to the hotel for a shave and a bath. He bought a new suit. He rented all the carriages available in town. Then he went from one establishment to the next, renting girls to fill his vehicles. At last, escorted in imperial fashion by all his beauties, he paraded in triumph through the streets. His cortege sang and drank champagne under the envious eyes of the poor onlookers who had found nothing but pebbles. Our adventurer, legend says,

yeux des pauvres malheureux qui n'avaient trouvé que des cailloux. L'aventurier, dit la légende, a acheté toutes les robes de la ville pour les offrir à ses amies d'un soir. Au matin, il était redevenu pauvre.

Me voici à Whitehorse. On me fait voir des photographies de ces belles dodues. On me dit que l'on pouvait, à cette époque, se procurer à Whitehorse les toilettes à la mode de Paris. L'histoire de mon fermier serait-elle vraie? Difficile à savoir : il n'a laissé, de son passage sur la terre, qu'un mot : Yukon.

Les rues sont tracées à angle droit le long du chemin de fer, entre la rivière et la falaise. Un étranger, ici, éprouve un certain vertige : le Nord!

Un des plus hauts gratte-ciel de la ville ne compte que trois étages et il est en bois rond.

J'écoute un Blanc venu du Sud! «C'est difficile de vivre à l'intérieur quand tu aperçois le pôle Nord par ta fenêtre. Il y a autour d'ici autant de lacs que de pièces de monnaie dans ma poche. Ils débordent de poissons. Ils sont entourés de gibier. À l'heure du lunch, j'ai parfois une faim de viande d'orignal. Alors je saute dans mon pick-up, je sors de la ville, j'aperçois mon orignal, j'évalue s'il est assez gros, je le descends, je l'amène à la maison, je me coupe un morceau, je le mets dans le four à micro-ondes, je le mange et je reviens au bureau pour une heure de l'après-midi. Essaie de faire la même chose dans le Sud...»

Bien sûr, il se moque de moi.

À Whitehorse, la première marque d'hospitalité est de se moquer gentiment de l'étranger.

Une ville écrit son histoire sur le visage de ses habitants autant que dans ses journaux. Un compagnon de voyage a un frère jumeau qui vit à Whitehorse. Ils ne se sont pas vus depuis trente ans. Les distances sont longues, la vie est courte et chacun a intensément vécu. Je les regarde, face à face, s'examiner. Chacun se trouve comme devant un miroir où il ne se reconnaît pas. L'un des jumeaux a le visage doux, pâle. Il a vécu à Ottawa; l'autre a la barbe des

bought up all the dresses in town to give to his one-night girlfriends. Next morning he was poor again.

There I was, in Whitehorse. They showed me photos of some of those ample beauties. I was told that in those days you could buy the latest Paris fashions in Whitehorse. Could it be that this story about my adventurous farmer was true? Hard to say. All he left of his passing here on earth was one word: Yukon.

The streets run at right angles to the railway, between the river and the cliff. An outsider here feels a certain giddiness: the North!

One of the tallest skyscrapers in town is only three storeys high and built of logs.

A white man from the south told me: "It's hard to live indoors when you can see the North Pole out your window. There are as many lakes around here as I have coins in my pocket. They're teeming with fish and surrounded by game. Sometimes at lunch hour I feel like some moose meat. So I jump into my pickup and drive out of town. I see my moose. I judge it for size. I shoot it, I take it home, I cut off a piece, I stick it in the microwave oven, I eat it, and get back to the office for one o'clock. Try and do that down south."

Of course he's pulling my leg.

In Whitehorse the first mark of hospitality is this kind of gentle teasing.

A city writes its history on its inhabitants' faces as clearly as in its newspapers. A travelling companion of mine on this trip had a twin brother who lived in Whitehorse. They hadn't seen each other for thirty years. The distance was forbidding, life was short, and for both of them, satisfying. I watched them scanning each other's faces. It was as if they were looking into a mirror but didn't recognize what they saw. One of them had a soft, pale face. He lives in Ottawa. The other wears the gold miner's beard and his face is scored by the wind. His eyes reflect dreams of gold and northern lights.

Some log cabins are just as they were when built in

chercheurs d'or, le visage raviné par les vents, des yeux qui reflètent la lumière des rêves d'or et des aurores boréales.

Certaines cabanes en troncs d'arbres sont telles qu'elles ont été vivement construites par les aventuriers qui voulaient s'abriter contre le blizzard. D'autres sont déguisées sous quelque maquillage moderne. Il est difficile de faire mentir une maison. Je m'attarde devant la cabane du légendaire Sam McGee qui a eu si froid dans le Nord et qui a su comment se réchauffer. Il me semble que le vieux Sam va tout à coup ouvrir la porte de sa cabane enjolivée de l'andouiller d'un caribou.

Maintenant je regarde une fillette dans les bras de son père, un jeune Indien Kwanlin Dun (du peuple de Dun). J'écoute : «N'oubliez pas qu'à l'époque d'Abraham, ce territoire était habité par plusieurs peuples indiens. N'oubliez pas qu'à l'époque d'Abraham, il y avait ici un gouvernement indien... Mais il n'y avait pas encore l'autoroute de l'Alaska... Cette autoroute a changé bien des choses... Ce qu'on n'avait pas auparavant est tout à coup devenu indispensable... Moi, je ne parlais pas la langue des Blancs du Sud. On m'a emmené dans une école, à des centaines de milles de ma rivière. Personne, là, ne parlait ma langue. Je n'avais jamais entendu la langue du Sud. Quand je suis revenu, plus tard, je parlais comme un Blanc et mes parents ne me comprenaient pas. Je n'aimais plus leur langue. Quand un peuple a été si longtemps dépouillé de son pouvoir, peut-être se sent-il un peu confus quand il reprend ce pouvoir.»

La fillette s'est endormie dans les bras de son père.

Plus tard, j'assiste à la discussion passionnée d'un couple d'Indiens. Bientôt les enfants s'en mêlent, puis toute la famille, le clan et, je crois, la tribu entière. Il fait froid dehors : moins 49. Le père veut apporter la batterie de son pick-up à la chaleur, entre sa femme et lui, dans le lit!

La querelle est énergique. On me dit que c'est pour le plaisir.

Le vieux Sam McGee aurait bien ri...

haste by adventurers in need of protection from the blizzards. Others are disguised by some modern covering; but houses don't lie...

I lingered for some time at the cabin of the legendary Sam McGee who was so cold in the North but knew how to get warm again. I'd heard the poem about him, and I waited for him to open the cabin door (which he had decked out with caribou antlers).

I was watching a little girl in her father's arms. He was a young Indian of the Kwanlin Don tribe (the Don people). He said: "Don't forget that in Abraham's time this territory was inhabited by a number of Indian peoples. And don't forget that in Abraham's time there was an Indian government here. But there was no Alaska Highway. The highway has changed many things. Stuff we had never had became suddenly indispensable. I didn't speak the language of the white man in the south. They took me away to school hundreds of miles from my river. Nobody there spoke my language. I had never heard the language of the south. Later, when I came back, I spoke like a white man and my parents didn't understand me. I didn't like my parents' language any more. When a people has been deprived of its power for so long, maybe it's a bit confused when it takes its power again."

His young daughter had fallen asleep in his arms.

Later, I watched an Indian couple engaged in a passionate argument. The children joined in, then the whole family, the clan and perhaps the whole tribe. It was cold outside – forty-nine below. The father wanted to bring his pickup battery inside, into the warmth between himself and his wife – in the bed!

The quarrel was energetic. They told me it was all in fun.

Old Sam McGee would have had a laugh!

Le festival « Rendez-vous »　　　　　　**Whitehorse**　　　　　　Rendez-vous festival

vancouver

Enfant, j'étais fasciné par cette idée d'un grand pays qui s'étend entre deux mers. Je rêvais du monde à parcourir derrière la forêt des collines de Bellechasse, au Québec.

En 1945, juste après l'explosion de la bombe atomique, les hommes de mon village, derrière la fumée de leur pipe, essayaient d'expliquer combien puissant était l'engin dévastateur. Les comparaisons se suivaient : dynamite, canon, tonnerre, tremblement de terre. Ces braves fermiers étaient d'accord : la bombe atomique était plus puissante que tout ce qu'ils connaissaient. À côté de mon père, j'écoutais silencieusement :

— La bombe atomique ne peut pas être aussi puissante que le bon Dieu !

— Non, certainement pas, expliqua un fermier. Mais si la bombe atomique était lâchée dans l'eau à côté de Vancouver, l'eau r'volerait jusque dans notre village.

J'étais très heureux que la bombe n'ait pas été lâchée sur Vancouver.

Plusieurs années plus tard, j'étais à Vancouver. Arrivé tard la nuit, je n'avais vu qu'une ville paisible où les voitures s'arrêtaient gentiment aux feux rouges et, tranquillement, s'écartaient pour laisser passer une ambulance. Je venais de l'hiver. Ce matin-là, quand j'ai ouvert les stores, j'ai vu la mer de l'autre côté de la rue et les montagnes coiffées de neige.

As a child, I was fascinated by the idea of a big country stretched out between two seas. I used to dream of the world to be explored behind the forested hills of Bellechasse, Quebec.

In 1945, just after the explosion of the atomic bomb, the men in my village, half-hidden behind their pipe smoke, were trying to explain just how powerful the murderous invention was.

Comparisons followed one upon the other: as powerful as dynamite, cannon-fire, thunder, an earthquake. Those simple farmers agreed: the atomic bomb was more powerful than anything they knew. Beside my father, I listened to them in silence, then said:

"The atomic bomb cannot be as powerful as the good Lord."

"Of course not," said a farmer, "but if the atomic bomb was dropped into the water beside Vancouver, we'd get splashed right here in our village."

I felt very happy that the bomb was not dropped on Vancouver.

Many years later I was in Vancouver. I had arrived late at night, and had seen nothing but a peaceful town where cars stopped gently at the red lights and politely moved aside to let an ambulance pass. Where I had come from, it

L'Île Granville

Vancouver

Granville Island

Vancouver est rongée de baies, elle est trouée d'eau, secouée de collines. Vancouver est parée de parcs, d'arbres, de jardins et d'oiseaux.

Les tours modernes y semblent plus harmonieuses qu'ailleurs. Est-ce à cause des montagnes autour qui s'y reflètent? Le pont Lions Gate bondit par-dessus la baie Burrard avec l'élégance d'une chèvre sauvage.

Dans un sentier qui longe la mer, je me suis arrêté pour regarder une grosse pierre à la forme presque humaine : une jeune Indienne aurait été changée en pierre. Cette légende a été racontée par Emily Pauline Johnson, une poétesse mohawk. La poétesse a voulu être enterrée là où la jeune Indienne a été transformée pour l'éternité. Sur sa tombe, on a construit une fontaine. L'âme de la poétesse demeure vivante dans l'eau.

À Vancouver, j'ai contemplé les montagnes qui, à chaque détour, vous offrent un chef-d'œuvre divin. Même si vous n'êtes pas croyant, vous sentez dans le brouillard illuminé que Dieu est là avec son imagination infinie.

J'ai rencontré un docteur en physique très spécial. Il a délaissé la recherche universitaire pour se consacrer aux enfants. Avec eux, au jardin de l'enfance, il bâtit un arbre. Il leur parle de la vie selon les quatre saisons de l'arbre. Je n'ai pas vu son arbre, mais je sais qu'il est plus beau que tous les cyprès et tous les pins de Vancouver.

Je ne suis pas le seul à croire en la magie de Vancouver. À Montréal, une grande actrice était tombée amoureuse de son partenaire de théâtre. Un soir, au baisser du rideau, pendant l'ovation, l'actrice lui déclara :

—Je vais faire pour toi quelque chose que je n'ai fait pour aucun autre.

Février était glacial à Montréal. Durant le week-end, elle fit un aller-retour à Vancouver pour lui rapporter une fiole d'eau puisée dans l'océan Pacifique!

Vancouver! C'est tellement beau. Peut-être la création du monde a-t-elle eu lieu là!

was winter. The next morning when I opened the blinds, I saw the sea on the other side of the street, and beyond, the mountains capped with snow.

Vancouver is serrated by bays, punctuated by lakes, rocked by hills. Vancouver is adorned by parks, trees, gardens and birds.

The modern towers seem more harmonious than in other cities. Is it because of the mountains reflected in them all around? The Lions Gate bridge leaps across Burrard Inlet with the elegance of a mountain goat.

Following a footpath by the ocean, I stopped to look at a large rock with an almost-human shape: a young Indian girl is supposed to have been turned to stone. This legend was told by Pauline Johnson, a Mohawk poet. The poet asked to be buried where the Indian girl was transformed for eternity. A fountain was built on her tomb: the soul of the poet remains alive in the water of the fountain.

In Vancouver I admired the mountains, which reveal a divine masterpiece at every turn of the road. Even if you are not a believer, you feel in the mist suffused with light that God is at work with His infinite imagination.

I met a very special Doctor of Physics. He left his university research to devote himself to children. With them, in the children's garden, he built a tree. He speaks to them about life, which he compares with the four seasons in the tree's yearly cycle. I didn't see his tree, but I am sure it is more beautiful than all the jack pines and firs in Vancouver.

I'm not the only one to believe in the magic of Vancouver. A great actress in Montreal fell in love with her partner in a play. One evening, at the curtain bow, during a standing ovation, she declared to him: "I'm going to do something for you that I never did for anyone."

February was icy in Montreal. During the weekend she made a round trip to Vancouver to bring him back a bottle of water from the Pacific.

Vancouver is so beautiful. Perhaps the creation of the world took place there!

victoria

Victoria n'a pas l'odeur d'une ville. Victoria, si près de la mer, ne sent pas la mer non plus.

À Victoria, l'on tient une comptabilité des fleurs. Quoi qu'il arrive dans le monde, cette ville, en février, entreprend le recensement de ses fleurs.

«J'espère que tu ne nous apportes pas ici vos problèmes de l'Est», me dit une amie qui m'accueille.

«Ici, dit-elle, j'ai déjà un terrible problème: les chevreuils viennent la nuit dévorer mes fleurs d'hibiscus.»

Victoria a réalisé le rêve, jusque là impossible, de bâtir une ville à la campagne.

Les piétons y sont rois, après, bien sûr, Elizabeth II d'Angleterre. J'aimerais me perdre dans cette ville, mais c'est impossible. Alors je flâne. Ma rue s'arrête dans la mer. Je perds mon temps, je hume l'air. Je m'offre au soleil derrière l'embrun. Victoria est un autre pays. La gentillesse est encore une manière d'être, un souvenir d'autre époque, comme le sont ces vieux messieurs à moustache qui balancent la canne.

À Victoria, si jolie, pourrais-je vivre longtemps? Sa gentille paix ressemble un peu à de l'ennui. J'entends les sabots des chevaux sur le macadam. Mon ennui est délicieux. Oui, j'aimerais vivre ici!

Victoria doesn't smell of city. Victoria, so close to the sea, doesn't smell of sea, either.

Victoria does an audit of its flowers. Whatever may be going on in the world, this town in February holds a floral census.

"I hope you're not bringing your eastern problems with you," says a friend in greeting.

"I have a terrible problem here," she says. "The deer come in at night and devour my hibiscus."

Victoria has realized the impossible dream of building a city in the country.

The pedestrian is king, after Elizabeth II of England, of course. I'd like to get lost in this city, but I can't, so I go for a stroll instead. My street ends in the sea. I take my time, I sniff the air. I surrender to the sun through the sea spray. Victoria is another country. Kindness is still a way of life here, the vestige of another age, as are these moustachioed old gentlemen swinging their canes.

Could I live for a longer time here, pretty as Victoria is? This gentleness, this peace have a touch of boredom about them. I hear the sound of horses' hooves on the pavement. My boredom is delightful. Yes, I would like to live here!

Victoria has the softness of the English countryside.

Victoria, c'est la douceur du pays anglais. Quand l'Amérique s'y fait trop bruyante avec ses voitures sport, les habitants de Victoria grommellent entre leurs dents, comme s'il s'agissait d'une invasion ennemie.

Je me mêle à ces couples âgés, en vacances, qui vont d'une vitrine à l'autre. Plusieurs semblent être des fermiers retraités en exil dans ce paradis. Ils sont à l'étroit dans leurs vêtements de citadins.

Je m'arrête à cette boutique où le tabac sent aussi bon que le chocolat. J'allume un havane bien choisi au bec de gaz sur une colonne d'onyx. Depuis plus de cent ans, les fumeurs de Victoria y allument les plus délicieux cigares du Canada.

La nuit, le parlement de Victoria illuminé ressemble à un gâteau de mariage.

Au matin, la mer se découvre; sa couleur bleue s'étend sur les montagnes de l'autre côté du détroit; elle peint la neige des sommets et teinte légèrement les édifices de la ville.

La vie ici est douce comme la crème sur les «scones» que l'on savoure avec le thé. La vie y est paisible comme une partie de croquet.

Si, pour une impossible raison, vous ne devenez pas amoureux de Victoria, allez vous plaindre aux otaries et aux baleines qui s'amusent tout près du centre-ville; allez rêver devant les bateaux qui partent pour d'autres ports du Pacifique.

Quant à moi, je vais aller au quai des pêcheurs regarder danser leurs barques colorées. Nous sommes en février. Les fleurs déjà illuminent les jardins, mais c'est encore l'hiver. Je ne vais pas aller plonger dans la mer au bout de ma rue. J'irai plutôt me réfugier dans cette élégante banque qu'on a transformée en librairie.

Je vous le dis, les seuls êtres qui ne succombent pas aux charmes de Victoria sont ces totems aux grosses lèvres repues et aux grands yeux éternels.

When America comes too close with its noisy sports cars, the inhabitants of Victoria grumble through clenched teeth, as if they were facing an enemy invasion.

I mixed with aging couples on vacation, poking from one shop window to another. Some appeared to be retired farmers, exiled in paradise. Their city garb is too tight a fit.

I stopped at a shop where tobacco smells as good as chocolate. I lit a carefully chosen Havana at the gas burner on an onyx column. For more than a hundred years, Victoria smokers have lit the best cigars in Canada at this flame.

At night the Victoria parliament building, illuminated, looks like a wedding cake.

In the morning the blue sea appears. Its colour spreads to the mountains behind the strait and tints the snowy peaks and the buildings of the city.

Life is sweet here as the cream on the scones we savour with our tea. Life is as peaceful as a game of croquet.

If for some unlikely reason you don't fall in love with Victoria, lodge your complaint with the sea lions and whales that sport close to the city, or gaze, dreaming, at the ships as they leave for other Pacific ports.

As for me, I intend to go to the fishermen's wharf to watch the gentle dance of their many-coloured boats. It's February. Flowers already brighten the gardens, but it's still winter. I won't take a dive in the sea at the end of my street. Instead I'll seek refuge in the elegant bank that has been converted into a bookstore.

Really, the only creatures that do not succumb to Victoria's charms are the totem carvings with their thick, sated lips and their wide, eternally staring eyes.

Le port   **Victoria**   The harbour

les villes

the cities

SAINT-JEAN (T.-N.) Déjà, au 16e siècle, le port de Saint-Jean (T.-N.) est un abri de choix pour les pêcheurs européens voyageant en mer. Port de pêche saisonnier à ses débuts, Saint-Jean devient au 19e siècle le centre des activités commerciales de la région. Aujourd'hui, la ville est toujours la première en importance à Terre-Neuve et compte environ 100 000 habitants. Saint-Jean étant la ville la plus à l'est du continent nord-américain, elle se trouve plus près de l'Angleterre que de Vancouver. On y parle un anglais qui reflète non seulement le caractère original de la province mais également la langue des premiers immigrants irlandais et britanniques.

CHARLOTTETOWN Capitale de l'Île-du-Prince-Édouard, Charlotte-town fait partie de la plus petite province du Canada. Mais Charlotte-town est plus qu'une petite ville. Surnommée le «berceau de la Confédération», elle fut l'hôte de la première rencontre à propos d'un projet d'union entre le Nouveau-Brunswick, la Nouvelle-Écosse, l'Île-du-Prince-Édouard et Terre-Neuve. Les délégués de la Province du Canada (le Québec et l'Ontario) se joignirent bientôt au groupe et proposèrent l'union des colonies britanniques de toute l'Amérique du Nord. Si cette rencontre historique aboutit à la naissance du Canada, l'Île-du-Prince-Édouard remit pourtant à plus tard son adhésion à la Confédération. Charlottetown est aujourd'hui le siège de la législature provinciale (le Parlement) et compte quelque 16 000 habitants.

HALIFAX Avec une population urbaine de presque 300 000 habitants, Halifax est le centre des activités économiques de la Région atlantique. Fondée en 1749, la cité est baptisée en l'honneur de George Dunk, Comte de Halifax, le concepteur du plan d'établissement de la ville. Il fonde cette garnison britannique dans le but de compenser la perte de Louisbourg aux mains des Français. L'histoire militaire de Halifax est donc importante dès le début de la colonisation. Plusieurs «premières» canadiennes voient le jour à Halifax : le premier bureau de poste canadien (1755), le premier journal canadien (le *Halifax Gazette* – 1752), ainsi que le premier divorce canadien enregistré (1750). De l'autre côté du port est située la ville de Dartmouth, reliée à Halifax par deux ponts. Sur la côte atlantique, au sud de Halifax, se trouve Peggy's Cove, un pittoresque village de pêcheurs qui, aujourd'hui, semble plutôt satisfaire les goûts des touristes que ceux des pêcheurs.

FREDERICTON est la capitale du Nouveau-Brunswick depuis plus de deux siècles. Au début, la région était habitée par les Indiens Micmacs et Malécites. En 1783, les «United Empire Loyalists» affluèrent dans la région en provenance de la Nouvelle-Angleterre. La ville de Fredericton fut constituée en corporation en 1848. Les Loyalistes virent en Frederic-ton une sorte d'oasis de civilisation au cœur du vaste pays sauvage qui les entourait. Cette impression persiste même aujourd'hui. Les habitants de Fredericton travaillent en grande partie au gouvernement provincial et à l'Université du Nouveau-Brunswick. Cette petite ville de 45 000

ST. JOHN'S As early as the 1500s the harbour in what is now St. John's was becoming a favoured resting place for European fishermen working off the coast. By the 1800s, St. John's had surpassed its role as a seasonal fishing town and had become the centre for commerce in the region. Today, St. John's is still the leading city in Newfoundland with a population of approximately 100,000. As the easternmost city in North America, it is closer to England than to Vancouver and its people speak an English that reflects not only the relative remoteness of the province, but also the origins of its early Irish and British immigrants.

CHARLOTTETOWN is one of Canada's smaller cities but that can't be helped: being the capital of Prince Edward Island, the smallest province in the country, has something to do with it. Though small, Charlottetown is by no means unimportant. Nicknamed the "Cradle of Confederation," Charlottetown was the setting for the first meeting of New Brunswick, Nova Scotia, Prince Edward Island and Newfoundland to discuss union. They were joined by delegates from the troubled colonies of Canada East and West (or Quebec and Ontario) who suggested union for all of British North America. Out of it emerged what would become Canada, though ironically, Prince Edward Island did not join at first. Today Charlottetown is home to the Provincial Legislature, called Province House, and has a population of 16,000 people.

HALIFAX With a metropolitan population of almost 300,000, Halifax is the economic centre of Atlantic Canada. Named in honour of George Dunk, Earl of Halifax, who masterminded the settlement, the city was founded in 1749 as a British garrison to offset the return of Louisbourg to France. Since then, the military has played an important role in the history of the settlement. Being one of Canada's older cities, Halifax is the site of many Canadian "firsts." Among them: the first Canadian post office (1755); the first Canadian newspaper (*The Halifax Gazette* – 1752); and the first recorded Canadian divorce (1750). Across the harbour is Dartmouth, connected to Halifax by two bridges. Just south of the city, along the coast, is Peggy's Cove, a quaint fishing village that today seems to cater more to tourists than to fishermen.

FREDERICTON For more than two centuries, Fredericton has stood as New Brunswick's capital. The area was first settled by the Micmac and Maliseet Indians. In 1783, United Empire Loyalists began pouring into the region from New England, and in 1848, Fredericton was incorporated. The Loyalists saw Fredericton as a civilized oasis in the heart of the dense wilderness that surrounded them, and to this day, that feeling has survived. With a population of almost 45,000, Fredericton's residents are predominately employed by the provincial government and the University of New Brunswick. Though small, Fredericton has its share of cultural surprises, not the least of which is the Beaverbrook Art Gallery, a storehouse of important Canadian and international paintings.

habitants offre sa part de surprises culturelles, telle la réputée Galerie d'art Beaverbrook, où l'on trouve une importante collection de tableaux de peintres canadiens et internationaux.

QUÉBEC est une ville unique en Amérique. Celle que les Jésuites ont appelée la «clé de l'Amérique du Nord» a été fondée en 1608 par Samuel de Champlain sur le site du village indien de Stadacona. Toujours debout, les remparts de la colonie française sont les plus vieux sur le continent. La réputation du Carnaval d'hiver de Québec n'est plus à faire : ses châteaux de glace, sa cour royale, son «caribou» (un mélange très fort d'alcool) ainsi que son Bonhomme Carnaval l'ont rendu célèbre. Capitale du Québec, la ville a comme employeur principal le gouvernement provincial. Le Gouverneur général du Canada y possède toujours une confortable résidence d'été surplombant le fleuve. Avec une population urbaine de plus de 600 000 personnes, des bâtiments modernes tels que le nouveau Musée de la civilisation doivent s'intégrer aux petites rues étroites de Québec; en effet, celles-ci contribuent à lui garder son air de ville du «vieux continent».

MONTRÉAL L'histoire de Montréal est étroitement liée à celle d'une grande partie du continent nord-américain. C'est du port de Montréal que des explorateurs tels que La Vérendrye, Cadillac, Radisson et LaSalle ont entrepris leurs voyages de découverte. Bien que des marchands de fourrures français aient atteint l'île au début des années 1580, Montréal n'est fondée qu'en 1642. À cette date, le Sieur de Maisonneuve, accompagné d'une poignée d'audacieux colons, arriva à cet emplacement qu'il baptisa Ville-Marie, situé près du village indien d'Hochelaga. En Amérique, Montréal est le seul grand centre urbain au nord de Mexico qui fut d'abord un établissement missionnaire. La tâche de convertir les Indiens s'avérant plus ardue que ne le prévoyaient les Français, Montréal se tourna vers le commerce. Le transport y joue depuis lors un rôle important. Montréal possède l'un des plus grands ports de la côte est et abrite les sièges sociaux de CN et de CP Rail. On y trouve aussi le siège de l'Organisation de l'aviation civile internationale, un organisme des Nations unies. Montréal dessert une population de trois millions d'habitants. La culture y tient une grande place : l'Orchestre symphonique de Montréal est mondialement connu et le théâtre français de la ville rivalise avec celui de Paris. Montréal est également un grand centre de radiodiffusion en langue française et le foyer des nombreuses activités de l'industrie du film québécois.

OTTAWA En 1857, la reine Victoria, toujours soucieuse de la portée de ses décisions, choisit Ottawa comme site de la capitale canadienne. Quarante ans auparavant, cet endroit s'appelait Bytown et était un important centre de commerce du bois. Ottawa est aujourd'hui une capitale modèle, pleine de charme avec ses parcs, ses monuments, ses

QUEBEC CITY is like no other city in North America. Called the "key to North America" by the Jesuits, the city was founded in 1608 by Samuel de Champlain at the site of the Indian village of Stadacona. The walls of the French garrison which still stand are the oldest of their kind in North America. Quebec City is widely known for its Winter Carnival, with its ice palaces, snow queens, the potent blend of liquors called Caribou and the Bonhomme de Neige. As the capital of the province of Quebec, the government is the city's principal employer. The Governor-General of Canada maintains a beautiful summer house overlooking the river. Despite a metropolitan population of over 600,000, modern buildings such as the new Museum of Civilization manage to blend in with the surrounding narrow, winding streets to help preserve Quebec's old village feel.

MONTREAL The history of Montreal is directly linked to the history of much of North America. Explorers like La Vérendrye, Cadillac, Radisson and La Salle set forth on voyages of discovery from Montreal's port. Though French fur traders had reached the island by the early 1580s, the city wasn't organized as a settlement until 1642, when Sieur de Maisonneuve, and a few hardy settlers, arrived at what they called Ville-Marie near the site of the Indian village of Hochelaga. Montreal is the only major North American urban centre north of Mexico City founded solely for religious reasons. When the French found that converting the Indians would not be as simple as they thought, Montreal turned its attention to trade. Since then transportation has played an important role. Its port is one of the largest on the east coast and the city houses the head offices of both CN and CP Rail. The International Civil Aviation Organization, a UN agency, is also based here. Montreal serves a population of three million people and is the home of a vibrant culture with its world renowned symphony orchestra and a French theatre scene that rivals that of Paris. Montreal is also a huge broadcasting centre for French television and is the focal point for Quebec's busy film community.

OTTAWA In 1857, Queen Victoria, ever mindful of the sensitive nature of her decision, decided to put the Canadian capital in Ottawa. Forty years earlier, the site was called Bytown, and its principal activity was the lumber trade. Today, Ottawa has the grand air of a national capital; resplendent with parks, monuments, government buildings and national museums. In springtime, three-quarters of a million tulips bloom, the result of an old gift from the government of the Netherlands. During winter, the Rideau Canal, which bisects the city, is transformed into the world's longest skating rink. It is not unusual to see suit-wearing civil servants skating to work. The Winterlude festival each February is a joyous celebration of winter as only Canadians can manage. Across the Ottawa River, Hull, Quebec, still bears traces of its logging past with factories on the banks of the Ottawa River. Combined,

édifices gouvernementaux et ses musées nationaux. Au printemps, trois quarts de million de tulipes fleurissent partout en ville, un présent offert par les Pays-Bas il y a des années. Le canal Rideau, qui divise la ville en deux, devient en hiver la plus longue patinoire du monde. Il n'est pas rare de voir des fonctionnaires se rendre au travail en patins à glace. En février, le festival Bal de Neige est l'occasion de célébrer l'hiver à la façon canadienne. De l'autre côté de la rivière des Outaouais, se trouve la ville de Hull, au Québec. Les usines de la rive rappellent toujours le passé industriel de cet important centre de production de bois. Ensemble, les deux villes forment la région de la Capitale nationale. D'origines modestes, Ottawa-Hull est aujourd'hui fière de compter une population de plus de 860 000 habitants.

TORONTO est l'une des villes les plus cosmopolites au monde. Une promenade dans ses rues fera vite oublier aux visiteurs la vieille image conservatrice de la ville. Plus de 60% de la population urbaine est d'origine étrangère, la ville attirant des peuples du monde entier. Le premier lieutenant-gouverneur du Haut-Canada, John Simcoe, fonda la ville de York en 1793. Plus tard, on la nomma Toronto, un mot algonquin signifiant «lieu de rencontre», car l'endroit devint un important centre régional d'échanges commerciaux. Aujourd'hui, plus de 20% des produits manufacturés au Canada proviennent de Toronto. Première ville du Canada avec ses 3,5 millions d'habitants, on la considère à juste titre comme la capitale nationale des communications. De plus, la Bourse de Toronto est l'une des plus actives d'Amérique du Nord. L'architecture audacieuse du nouveau SkyDome vient s'ajouter au profil urbain longtemps dominé par la Tour du CN, la plus haute tour à structure auto-portante du monde. Si plusieurs citoyens se plaignent de l'effet ville-champignon de Toronto, ils peuvent néanmoins se consoler en pensant qu'elle est toujours une cité relativement sûre et, de surcroît, extraordinairement propre.

WINNIPEG Traditionnellement, Winnipeg est la porte d'entrée vers l'Ouest. En voiture, tout commence à changer à partir de Winnipeg : le paysage devient plat, le ciel semble plus grand, les arbres se font rares. Fondée en 1738 par des Français qui faisaient la traite des fourrures, Winnipeg devint un grand centre de transport. La ville compte aujourd'hui 625 000 habitants. Autrefois considérée comme le «centre du Dominion» en raison de sa position géographique, Winnipeg abrite plus de la moitié de la population manitobaine. L'hiver y est très rigoureux et la ville se protège des agressions saisonnières en construisant des passages couverts qui relient la plupart des immeubles du centre-ville. Malgré le froid hivernal, la ville jouit de plus d'heures d'ensoleillement annuelles que toute autre grande ville canadienne.

SASKATOON Il y a 6 000 ans, la région de Saskatoon était habitée par des tribus de chasseurs, mais ce n'est qu'en 1883 que des membres

the two cities form the heart of the National Capital Region. From its sleepy origins, the Ottawa-Hull area now boasts a population of over 860,000.

TORONTO is one of the world's most cosmopolitan cities. Though it is still saddled with its old Protestant image, a walk down any Toronto street presents a different picture. Over 60 percent of Toronto's population is of foreign origin as the city becomes a magnet for the people of the world. In 1793, John Simcoe, the first Governor-General of Upper Canada, laid out the town of York. Later, the name Toronto would be adopted, an appropriate Algonquin word for "meeting place" as the area would become a major place for trading. Today, Toronto is responsible for over 20 percent of the country's manufactured goods. The undisputed communications capital of Canada, Toronto is the country's largest urban centre with over 3.5 million people and the home to one of the most important stock exchanges in North America. The space-age SkyDome is a new addition to a skyline long dominated by the familiar CN Tower, the tallest free-standing structure in the world. Though many citizens now complain about the uncontrollable growth of their city, they can take solace in the fact that Toronto is still an uncommonly clean city and a relatively safe one as well.

WINNIPEG Traditionally, Winnipeg is where the West begins. The land becomes flat, the sky looms larger, the trees disappear. As you drive west everything changes once you pass Winnipeg. Founded in 1738 by French traders, Winnipeg became an important transportation centre and grew to become a city of 625,000. Once called the "Bull's Eye of the Dominion" because of its central location, it is home to more than half of all Manitobans. Winters are cold in Winnipeg and the city escapes indoors with the onslaught of the season. Covered skywalks connect most of the buildings in the downtown area. Despite the winter cold, the city experiences more hours of sunshine per year than any other major city in Canada.

SASKATOON The area around Saskatoon supported hunting tribes some 6,000 years ago, but it was not until 1883, when a Toronto society chose the area as its temperance colony, that a permanent population settled there. Incorporated in 1906, Saskatoon has grown into the regional centre for the Prairies of north-central Saskatchewan. Between 1941 and 1966, Saskatoon more than doubled its population, which today numbers over 200,000.

CALGARY Boomtown. Office towers rise out of the prairie fuelled by oil money and Western boldness. Founded as a garrison by the North-West Mounted Police in 1875 in their battle against whisky traders, Calgary didn't really grow until after the discovery of oil in 1914 in nearby Turner Valley. It was the first town incorporated in present day Alberta (1884) and by 1893 was incorporated as a city. Its present

d'une société de tempérance arrivèrent de Toronto pour s'y installer. Constituée en corporation en 1906, cette ville du centre-nord de la Saskatchewan s'est développée au sein de la région des Prairies. Entre 1941 et 1966, la population de Saskatoon a plus que doublé : aujourd'hui on y dénombre plus de 200 000 habitants.

CALGARY La ville se remarque de loin par la gerbe de tours qui jaillissent du centre-ville. Son développement fulgurant, Calgary le doit surtout au pétrole et à l'audace des habitants de l'Ouest. La ville fut d'abord une garnison créée, en 1875, par la Police montée du Nord-Ouest dans le but de mettre fin à la vente illégale de whisky. La prospérité de Calgary ne débute qu'avec la découverte, en 1914, d'un gisement de pétrole à Turner Valley, au sud-ouest de la ville. En 1884, Calgary est la première ville albertaine constituée en corporation et dès 1893, elle devient une cité. Calgary compte aujourd'hui 700 000 habitants. Avant le boom pétrolier, l'élevage de bétail était l'activité économique dominante de la région. Chaque année en juillet, la ville est l'hôte du plus grand rodéo du monde, le Stampede de Calgary, qui attire toujours des milliers de cow-boys et des visiteurs du monde entier. En 1988, Calgary accueillait les Jeux olympiques d'hiver, ce qui permit à la ville de se doter de centres et d'équipements sportifs des plus modernes. Les crêtes des Rocheuses qui se découpent à l'horizon confèrent à Calgary une allure incomparable.

BANFF Fondée en 1883 sur l'un des sites les plus spectaculaires au Canada, Banff a toujours attiré les visiteurs en grand nombre. Centre administratif du premier parc national créé au pays, Banff est une station de villégiature célèbre. La petite ville de Banff, avec ses 7 000 habitants, ne manque pas d'institutions culturelles. Le «Banff Centre School of Fine Arts» attire des étudiants et des artistes de toutes disciplines et donne de nombreux concerts pendant l'année. La ville abrite le «Whyte Museum of the Canadian Rockies» ainsi que plusieurs autres musées. Banff est le parc national le plus populaire au pays. Travailler à Banff pendant la saison estivale est une activité très prisée des jeunes des quatre coins du Canada. D'ailleurs, beaucoup retournent y vivre toute l'année.

YELLOWKNIFE En 1785, Peter Pond est le premier Blanc à établir un poste de traite de fourrures dans la région de Yellowknife. Bien que quatre ans plus tard l'explorateur Alexander Mackenzie établit un autre poste à l'emplacement de la ville, les premiers habitants permanents n'arrivent que beaucoup plus tard. À la frontière de l'Arctique, Yellowknife est un centre de sports de plein air pour les amateurs de grands espaces. C'est également la capitale la plus septentrionale au Canada. Sa population, qui ne cesse de s'accroître, atteint aujourd'hui 15 000 habitants. Le fameux «Midnight Sun Golf Tournament» se déroule chaque année pendant la fin de semaine la plus proche du solstice d'été. Les golfeurs qui relèvent le défi prennent

population is 700,000. Before oil, Calgary's fortunes rested heavily on the livestock industry. The largest rodeo in the world, the Calgary Stampede, still brings cowboys and spectators from all over the world every July. The city hosted the 1988 Winter Olympics, the legacy of which is new sports arenas and training facilities. With the Rockies serving as a backdrop to the skyline, Calgary is one of the country's most recognizable cities.

BANFF Founded in 1883 in one of the most beautiful locations in Canada, Banff has always been synonymous with tourism. The administrative centre of Canada's oldest national park, Banff is one of the country's premier year-round resort centres. For a small town (pop: almost 7,000), Banff is well endowed with cultural institutions. The Banff Centre for the Arts is home to a large colony of students and professional artists and hosts numerous concerts throughout the year. The town is also home to the Whyte Museum of the Canadian Rockies and several other museums. Banff National Park is perennially the busiest of Canada's national parks and most visitors pass through the town. Working in Banff for the summer is the closest thing Canadian youth have to a national rite of passage and many return to stay and live all year.

YELLOWKNIFE Peter Pond, a fur trader, established the first non-native outpost in the Yellowknife area in 1785. In 1789, explorer Alexander Mackenzie established a trading post there, though a permanent settlement was not established until much later. The city is the gateway to Canada's Arctic and a stop off point for tourists and sportsmen venturing north. As the most northerly capital city in Canada, it is growing rapidly with a population approaching 15,000. Considered by many to be the world's most bizarre, the Midnight Sun Golf Tournament is held annually during the solstice weekend in June. Tee-off time is under the midnight sun. A sense of humour is a good thing to have in Yellowknife.

WHITEHORSE By 1900 a permanent settlement had been established around Whitehorse. During the Klondike Gold Rush, Whitehorse became a stop off point for prospectors heading north to Dawson City and the gold fields. Though the population dropped after the Gold Rush ended, Whitehorse managed to survive and in 1950 was incorporated as a city. With a population of over 21,000, Whitehorse is the largest urban centre in northern Canada. As the capital of the Yukon, Whitehorse continues to be its administration and transportation centre.

VANCOUVER is Canada's third largest city, the country's trade gateway to the Pacific and, because of the water, islands and snow-capped mountains surrounding it, one of the world's most beautiful cities. A diverse metropolitan population of over 1.3 million continues to attract investors and immigrants from the Far East. Chinatown, centred

le départ sous le soleil de minuit. À Yellowknife, le sens de l'humour est toujours de la partie.

WHITEHORSE Dès 1900, Whitehorse voit arriver ses premiers habitants permanents. Pendant la ruée vers l'or du Klondike, la ville devient une halte pour les chercheurs en route vers Dawson et les gisements d'or. Même si la fin de la ruée amène une baisse de la population, Whitehorse continue à se développer et est constituée en corporation en 1950. Aujourd'hui, la ville compte plus de 21 000 habitants et est le plus grand centre urbain du Nord canadien. Capitale du Yukon, Whitehorse est la plaque tournante des transports et des services administratifs du territoire.

VANCOUVER est la troisième ville en importance au Canada. Elle est aussi la porte commerciale du pays sur le Pacifique. Grâce à la mer, aux îles et aux montagnes enneigées qui l'entourent, Vancouver est l'une des plus belles villes du monde. Sa population urbaine diversifiée compte plus de 1,3 million d'habitants et continue d'attirer les investisseurs et les immigrants d'Extrême-Orient. Le quartier chinois de Vancouver, dont le centre se trouve à l'angle des rues Pender et Main, est l'un des plus anciens et des plus grands en Amérique du Nord. Constituée en corporation en 1886, Vancouver prend son essor lorsque le chemin de fer CP est prolongé de 20 km à l'ouest de Port Moody. Dotée d'un havre naturel long et profond, choyée par un climat tempéré, Vancouver devient bientôt, grâce à ses vastes forêts environnantes, un important centre d'affaires. Le parc Stanley, grâce à ses mâts totémiques, ses sapins géants et ses plages qui s'avancent dans l'anse de Burrard, est l'un des plus grands parcs urbains du monde.

VICTORIA Ville au cachet très britannique, Victoria est cependant la ville canadienne la plus éloignée de l'Angleterre. Une foule de détails rappellent ce pays. Il suffit de prendre le thé traditionnel à l'Hôtel Empress ou encore de visiter la ville à bord des autobus à impériale. Capitale de la Colombie-Britannique, Victoria a toujours su conserver un charme typiquement victorien. Occupant la pointe sud-est de l'île de Vancouver, la ville bénéficie d'un des climats les plus doux au pays. Les quelque 260 000 personnes qui habitent l'endroit, et plus particulièrement les retraités à la recherche d'une vie paisible, profitent aisément de la chaleur et du calme de la ville. Aux célèbres Jardins Butchart, situés dans une ancienne carrière de pierre à chaux au nord de la ville, des fleurs de toutes les parties du monde fleurissent chaque année. D'ailleurs, les fleurs s'épanouissent partout dans la ville; au Canada, c'est l'unique endroit où le climat rend la chose possible toute l'année. Victoria se prépare pour les Jeux du Commonwealth de 1994 qui réuniront des athlètes du monde entier.

on Pender and Main streets, is one of the oldest and largest in North America. Incorporated in 1886, Vancouver started to grow when the CP railroad was extended 20 kilometres west from Port Moody. Blessed with a long and deep natural harbour and a mild climate, Vancouver soon became an important trade centre, its growth fuelled by the vast forests in the area. Jutting into the Burrard Inlet, Stanley Park, with its beaches, totem poles and mammoth fir trees, is one of the largest urban parks in the world.

VICTORIA The furthest Canadian city from England just happens to be the most English. You can see and taste England during high tea at the Empress Hotel or riding the double decker buses. Though the capital of British Columbia, Victoria has remained essentially a Victorian town. Located on the southern edge of Vancouver Island, it is one of the warmest cities in Canada. This fact, and its easygoing life style, makes life pleasant for the area's 260,000 people, particularly for those who have retired there. In the famous Butchart Gardens, flowers from around the world bloom each year in an old rock quarry north of the city. Flowers bloom all over the city as well, the only place in Canada where the climate makes this possible year-round. The city is gearing up for 1994 when athletes from everywhere will arrive for the Commonwealth Games.

Références: *The Atlas of Canada*, Montréal, Reader's Digest, 1981.
Canadian Almanac and Book of Facts, Toronto, Global Press, 1988.
The Canadian Encyclopedia, vol. 1-3, Edmonton, Hurtig Publishers, 1985.

Sources: *The Atlas of Canada*; Montreal: Reader's Digest, 1981
Canadian Almanac and Book of Facts; Toronto: Global Press, 1988
The Canadian Encyclopedia, vols. 1-3; Edmonton: Hurtig Publishers, 1985